U0140986

QING GAN JIAN ZHU

情感建筑

●荆其敏 张丽安 著

百花文艺出版社
BAIHUA LITERATURE AND
ART PUBLISHING HOUSE

图书在版编目（CIP）数据

情感建筑／荆其敏，张丽安著．－天津：百花文艺出
版社，2003
ISBN 7-5306-3766-5

I.情…　　Ⅱ.①荆…②张…　　Ⅲ.建筑艺术－研究
Ⅳ.TU－8

中国版本图书馆 CIP 数据核字（2003）第 098412 号

百花文艺出版社出版发行

地址：天津市和平区西康路 35 号

邮编：300051

e-mail:bhpubl@public.tpt.tj.cn

http://www.bhpubl.com.cn

发行部电话：（022）27312757　邮购部电话：（022）27116746

全国新华书店经销

河北省三河市宏达印刷有限公司印刷

※

开本 880×1230 毫米　1/32　　印张 13.5 插页 5 字数 308 千字
2004 年 1 月第 1 版　　2004 年 1 月第 1 次印刷
印数：1－10000 册　　　　定价：23.00 元

前　言

　　随着对城市空间研究的深入，情感化、人性化的
空间正一步步的回归到城市生活的主题，也就是说
情感空间一直是城市生活中永不改变的追求之一，
只不过在某些时候被忽略了。因此，了解情感空间所
蕴涵的内容使城市设计充满强烈的情感气息，将使
人的社会生活变得更加丰富生动，充满活力。如果能
把情感空间设计提升到应有的水准，那么，规划师、
建筑师、园艺师室内设计的作为都能够影响人的社
会生活的方方面面。

　　人们在使用城市与建筑空间的同时，还都进行
着不自觉的情感交流，从而获得喜怒哀乐等不同的
感受，之所以产生这种交流，是因为空间是有情的，
所以我们说城市是有情的，建筑是有情的，环境是有
情的，不能产生情感交流的空间是"失落的空间"，是

负空间。从人对空间的真实感受出发进行设计实践，才是真正的"以人为本"的设计思想。

在人的社会生活中，文学艺术是表达情感的形式，艺术作品的描写赋予城市与建筑空间浓厚的感情，城市与建筑空间又反映艺术思想所蕴涵的精神境界，正是建筑学科的艺术性所在，也是它更贴近于人文科学的所在。人们从许多以城市或建筑命名的电影、文学、音乐等作品中留下了对城市、建筑的情感空间的深刻印象，如《巴黎圣母院》《小城的故事》《蓝色多瑙河》《布拉格之春》《卡萨布兰卡》等等。大量的感情丰厚的文艺作品对空间的描写使城市与建筑环境充满人性化，正是精神变物质，物质变精神。情感空间的创造表明建筑创作与艺术创作有异曲同功之处。编写《情感建筑》一书的目的主要是说明建筑与城市空间建设都是情感艺术的创作。

情感空间的创造既然是艺术创造，就具有一种感情的非度量性标准问题，非度量性标准是感性的认识，缺少数据和量化的准则。因此主观的成分较大，评价不但会有差异，而且会有全然相反的结论。

"情感空间"这一专题曾经是这些年来我的研究生们的一项专题报告，他们的敏锐思考和见解给了我许多启发和借鉴。完成本书要感谢与我教与学相长的研究生们，强调情感空间设计也正应该是未来青年建筑师、规划师们"以人为本"设计思想的综合表现。

工程师的审美与建筑艺术本来是相互依赖、相互联系的两件事，而今天，前者正在百花盛开，蓬勃发展，后者则不幸地正处在可悲的衰落状态。处于困惑中的建筑与城市设计师，你们要走哪条路？建筑与城市设计是超越于功能之上的事情，建筑与城市设计是一种具有情感性的东西，它有精神上的条理性和意志上的统一性，它有比例感。建筑与城市设计也处理数量上的问题，激情可以从顽石创造出戏剧性来。现代人的精神状态与传统的沉闷思想残余之间存在着巨大的矛盾，对于情感空间的设计，社会存在着强烈的愿望去获得，一切都在那里，一切都要看我们所做的努力和对这些新问题所关心的程度。

荆其敏

2003年9月8日于天津大学

目　录

第一章

情感与设计

一、城市设计要素的转型
Transition of Urban Design Elements

　　只要我们把情感当做是构成空间的主要因素，我们就会发现情感空间无处不在，建筑师会用情感创造空间，就会令人耳目一新。

　　凯文林奇提出的城市设计几大要素包括区域、城市边缘、城市结点、城市路径、城市标志和城市公园，是指导城市设计工作的基本要点。进入21世纪"人性空间"成为城市设计的主题，城市设计中的情感要素应视为做好人性空间的最基本准则。因此原有的城市设计的几大要素对应着"人性空间"的要求要有所转变，要由物理空间设计转变为情感空间设计。

1.在城市的区域中建立友谊的邻里空间

　　独家独院而又连为一体的住宅邻里，在保证私密性的前题下邻里之间可互相沟通情感，交流信息，互助互爱，生活气息浓厚。小胡同里记载着儿时和邻家小朋友们嬉闹、争吵而建立起来的深厚友谊；记载着父母不在家时，邻家阿姨的细心关照；记载着邻家奶奶亲手做的食品；记载着父母亲和邻居们的谈笑风生。

∧∧中国传统的邻里空间

香港的居民小区公共空间

2.在城市边缘地区建立欢快的休闲空间

　　休闲式农庄择乡野山水之间,取传统民居形式,户外种有稻田、果树,取其农家意趣。顺山就水,曲径通幽,亲切自然,可一吐在城市里混凝土包围之压抑与郁闷,可尽情地享受自然田野带来的清新之风。

∧∧德国亚琛的郊外公园

△ 在城市的边缘地区建立欢快的休闲空间

3.在城市的结点建立亲密的情感空间

当代超高层的后现代"标志性"建筑群,构成城市重要的结点,都披着相似的外衣,貌似壮观,实际上却与城市环境格格不入,冷漠和单调。然而位于深圳帝王大厦对面的休闲公园,虽然面积不大,利用坡道、台阶,创造了丰富的空间层次,组成不同的休息区域。白天,办公人员来此休息、午餐。晚上,附近居民来此散步聊天,成为当地市民一个自由、开放的舞台,这才是真正的城市中的情感结点空间。

武汉黄鹤楼名胜

ACTIVITY NODES

在城市的结点建立亲密的情感空间

4.在城市的路径建立人际的交往空间

　　街道空间是人心理上能够认同的情感交流场所,街道的空间形态是窄长的,街道中的任何一处都有相似的尺度。人的心理上不会有过大的起伏,自始至终是一种平和的心态,情感交流便是很自然的事。

∧∧澳大利亚阿德兰德商业步行街

^^ 在城市的路径建立人际的交往空间

5.建立装饰性的审美空间

雕塑在现代城市文化中有重要作用，立体的展现市民文化的品位。也在一个侧面体现城市文明程度，构成城市街头亮丽的风景点。

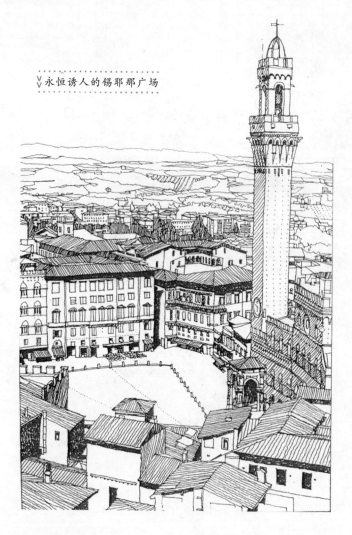

∨∨ 永恒诱人的锡耶那广场

加拿大多伦多市政广场

6.城市公园中建立自然生态对居民的服侍空间

中国传统的审美观念,"效法自然","天人合一","融于自然",一种人类回归自然,钟爱自然的情感,真实地渗透其中。

现代人对城市生活的需求已不再局限于空间使用功能的满足,而在于对环境质量的感受。对安全、美观、舒适、方便等精神心理方面有以下的要求:

(1)可达性。包括安全、舒适和便利。

(2)和谐一致性。位置、密度、色彩、形式、材料、尺度和体量的和谐与协调。

(3)视景。"悦人的景观"。

(4)可识别性。领域感、场所感、安全感、标志和特征,生动而引人注目。

(5)意义。有内涵和象征。

(6)适居性。

∧∧澳大利亚威尔逊角自然生态保护区休闲的袋鼠

▲▲ 湖光秋色

二、情感是艺术之本
Emotion is Essential of Arts

　　情感是艺术之本与知识没有必然的联系，因而古希腊的雕塑、中国的绘画、书法及德国的古典音乐璀璨于历史长河而经久不衰。在所有的空间中，情感空间是最能打动人心的，也能给人以启发，空间因为有了情感的融合而生气盎然，有血有肉。

　　影剧院提供了一个包容情感并供观赏的场所，一个有限的空间能给予人们丰富的情感慰藉，是专为情感建筑的独特创造。纪念性建筑、纪念馆、故居、祠堂、陵墓等，使人们沉浸于往事的悼念之中。建筑师在作品中倾注的浓浓情感，使空间发出凝重的叹息，这叹息被一代一代人所回味。

　　安藤忠雄是塑造情感空间的大师，他的住吉长屋相貌平平，从一个房间到另一个房间，下雨时得顶雨过"桥"，但大自然的真切就在眼前，注视着垂落的雨线，感念着舒适。在这栋不起眼的小房子里体验到了回家的亲切。安静在平淡的事物里注入了真情，他设计的空间有独特的生命力。

　　西塔里埃森工作室是一座风格粗犷的建筑，建在烈日炎炎的戈壁荒滩上，可以想象老祖先们辛勤耕耘、休养生息的岁月。情感喷涌在粗大厚重石墙所围绕的空间之中，并把它带到未来，这是赖特40年代充满豪放感情的作品。

　　中国的许多名胜古迹，山不在高，有仙则灵，题联匾额成了联系古今的春藤，诗歌更是为后人营造了理想联翩的景象，建筑空间融入了文人表现的意境之中了。

摄影艺术的想象能把你带到照片所描绘的生命之中，咫尺之遥，感觉上却穿越了时空，有身临其境似的满足。

中国书法是类似音乐和舞蹈的有节奏的艺术，历史上每一名家的书体都表现了那个时代的生命情调和文化精神。

说到底，所谓艺术品就是情感的表现，城市与建筑也是如此。

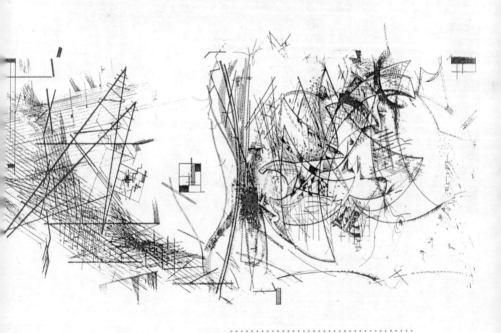

丹尼尔李别斯基设计犹太人博物馆
的构思草图像是音乐符号谱曲

半潭秋水一房山

荷風四面

四壁荷花三面柳

^^中国造园中的诗词与景

三、情感空间的转换
Transition of Emotion Space

空间中人的活动是空间具有某种特性的根本原因，人的活动是无处不在的空间内容。胡同里巷里踢球的小学生们把本应只具交通功能的路径变成了休闲运动空间。有的是因为旧的功能已不适应要求，而改变其功能，如当今世界上流行的旧房改造，把废弃的厂房变为音乐厅、旅馆或超市。空间本身是模糊的概念，是虚幻的存在，因为人的活动而使空间具有了实在的意义。人对空间的理解改变了，空间就自然而然随之发生转变，关键是注入其中什么样的情感。

过渡空间、灰空间是情感空间转换的重要要素，过渡空间是形成空间整体性的必要条件。过渡空间可把不同功能性质的空间衔接起来，过渡空间也有利于充分利用土地。过渡空间能给人以心理的暗示与心理准备。

中国古典园林的"步移景异"，巧妙地不留痕迹地调动观赏者的情绪，步履之间，游廊曲折，小径蜿蜒，时而仅容一身，时而别有洞天，启、承、转、合……留给赏园者最完美的空间印象。赏园的过程是个发现并享受美的过程，景窗对游历过程中发现美起了提示性作用。曲折幽长的游廊与院墙或邻近的厅堂围合成小小的"哑巴院"，几根瘦竹，几块小石或一株芭蕉，足以让赏园者有惊喜的发现。景园中丰富的层次，不用"步移"，景同样"异"，在时间的因素中有晨昏，四季之变化，如雷峰夕照、断桥残雪、三潭映月、南屏晚钟……时间参与进来，于是古典园林"心与境契"。

中国古典园林设计中的"步移景异"，时空结合，强调的是设计中的动静结合，转换空间作为联系相关空间的节点。设计中应具有流动性，即与被联系空间相互渗透，相互延伸，形成"流动空间"。转换空间不应是一个静态的空间，而应该是一个动态的可展示的空间。

空间中以人的不同行为活动为主体即人性空间，人性化空间应符合生态环境要求，尊重大自然，天人合一。其次，空间的尺度应当人性化，取人的感官所接受认同的尺度。谈空间还应有特定的场所精神，气质和品位，本土化、个性化的空间将更具有人性。

情感空间有主动式的和被动式的，主动式的情感空间通常早有思想准备，不太激动人心，平平淡淡，如生日聚会，地点是次要的，而出席的人与围合的气氛是主要的。被动式的情感空间会出现在突发的地点和时间，强调的是情感发生的突然性和偶然性，准备不充分。更多的和无时无刻不存在于我们身边的主动与被动式情感是同时并存或互相包含，互相转换。例如生日聚会中也会有尴尬的偶发事件发生，正因为情感空间的无处不在，又错综复杂，生活才丰富多彩。常说城市、建筑是有生命的，正因为它们由多样化空间所构成，是有生命的空间。

柏林伯兰登堡大门是城市
东西部分的过渡

北京故宫紫禁城原为皇家私人宫殿，
现转变为世界性的游览公共空间

四、情感空间的再现
Emotion Spatial Representation

空间不能通过锁眼中看到，空间也不能从门洞中看到，空间不能眼见，空间也不是画面，人们却全都生存于空间之中。建筑师经过培养和训练会用一种特殊的建筑眼（Architect's Eye）审视空间。创造出各种不同的人为空间，让人被环境所吸引、所感动，有所怀念，有所向往，留下永远的情感。

建筑师如何表现空间设计，据考证有的学者认为最早的建筑画发现于公元前2100年，在石头上的墨迹看来像是一座城市的平面简图（收藏在现代艺术博物馆中挖掘出土的石片上）。中世纪对建筑空间的想象图也只能是以平面二度来表现。中国古代的城市轴侧图，宋平江图（今江苏省苏州市），以及许多园林布局图都是加入人的想象得出的效果图。那时欧洲重要的建筑需要附加上模型，北京样式雷专门制作的烫样模型提供给皇家审视。1774年欧洲有了表现建筑的平立剖面图，综合起来才能了解空间的效果，但这也只限于以建筑师的建筑眼才能有深刻的理解。抽象艺术之所以能取代传统的写实主义艺术，主要的优势在于对空间的描绘要比写实主义深刻得多。Georges Braque的油画 *Oval Still Life*《椭圆的静物》，能看出画中的静物处于空间之中，启示观赏者对空间环境的想像力。因此抽象艺术要比写实的艺术更具有情感的魅力。建筑的摩登运动实际上是在欧洲抽象艺术思潮影响之下产生的，从包豪斯学派（Bauhous）的作品中已经难以用传统的平立

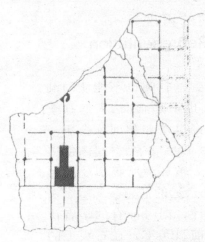

最早的建筑图证物,公元前 2100 年石片上的墨迹像是城市规划平面简图

剖面表现建筑的空间意境。例如格鲁庇乌斯(Gropius)设计的法古斯工厂(Fagus Factory)强调视觉对建筑转角的感受,成为当时时髦一时的玻璃透角窗的设计手法,只从图面上是看不出什么效果的,然而实际的空间感受却触动人心。我们怎样理解现代派丹尼尔李别斯金(Daniel Libeskind)的情感作品呢?他设计的柏林犹太人博物馆是一幢充满情感变化的建筑,其空间处理着实令人感动。情感空间是怎样构思出来的呢?李别斯金的工作现场展览表现了他的创作草图过程,他使用了许多空间符号,就像是音乐符号,他说:"用微点音符的法则构图",用微点的法则把空间符号画在丝绢上。已经远远离开了传统的平立剖各自分离的构思草图。

德国埃森矿厂改建的剧场

- 感觉空间 Sensations of Space

感觉是画不出来的,有了空间意向,必须立刻把握住想象中的形象,如果这个意向性概念充分清楚才能引入绘图中的创作程序。我们说建筑设计即空间的创作。空间的建立与分解是古典建筑学的核心手法,不论是古典的透视画还是现代计算机喷涂的透视图的设计观念的立足点都是相同的,都是由一个视点看建筑,但是用照相机对空间的记录就不同了,可以旋转180°。人们生活的实际空间是感觉的空间。

- 知觉空间 Perceptural Space

知觉空间能获得高品位的空间感受,例如使用阳光与阴影可以创造一种亲和的美。

- 多感觉的空间 Multi-Sensory Space

提供给外向的和内向的人多样的心理选择,例如高迪在巴赛龙那公园中设计的曲线的颜色艳丽的座椅,创造的是多样感觉的空间。

- 心理感觉的空间 Perceptual-Psychological Space

考虑居民的心理感受是必要的,例如人对自然的渴望,树木、草地、鲜花,人所希望的静态活动和休息设施等等,都会引起人们细微的心理反应,而这些心理反应又会对城市空间产生不同程度的影响。许多政府办公大楼由大坡道引向建筑的入口接待区域,造成一种行政办公严肃性的心理感受。中国传统山林中的庙宇建筑门前的路径或是古代的御门入口都创造类似的心理感受。空间有功能特性、哲学特性、审美特性和心理特性。

- 空间的概念(Conceptual Space)

空间的概念是由图底模式所建立的Figure—Ground Model。即图形与背景的关系，建筑物作为图形，空间环境构成背景，空间作为图形，则建筑物作为背景。

● "道"的法则The Principle of Tao

空间的概念是万物的虚与空的部分，正是中国古代老子的《道德经》所描述的"道可道非常道，名可名非常名"，道可以说得出的，它就不是永恒的道，名可以叫得出的，它就不是永恒的名，名为称道之名，名与实的问题就是思维和存在的问题，虚空即无，"无中生有，无为而治"，是视之不见的、与物质世界不可分的主宰万物的法则，情感空间设计就寓于这个法则之中。

● 图像空间Pictorial Space

图像空间也是视觉空间，人的视觉对周围环境是有层次地选择性观看的，如果一些能够引起兴趣的形象变化点，可使视觉不断地发现、调整和适应新景观，人们会对此环境产生更深入了解的欲望。建筑师可以用许多不同的方法描绘两度空间的构思，如图：A、用线划分图面上的空间。B、确定图形的构图区域。C、确定图形的构图结构。D、确定图形体形间的联系。E、用色调区分空间。F、表现表面的光线与质感。在图像空间的情感表现中要明显的显示大小的关系，有所焦聚，要显示光和影。在鸟瞰的图像中要表现模糊的气氛，在图像远近的表现中有覆盖的方法等等。

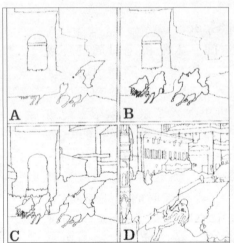

五、设计情感空间的法则
The Emotion Spatial Codes

情感空间有许多构成要素，能否求得表现情感空间的规律性的法则，可以从许多方面分析。

● 空间概念的图解Conceptural Diagrams

空间的限定有多种多样的方式，有焦点空间、方向性的空间、区域性空间，空间还有不同的深度和层次。空间的分类也可以划分为武断性的，结构性的，不同的空间组织有各自的特性。情感空间设计难以用传统平立剖面图来表现，需要探索情感空间概念的图解方法。

● 方案计划合成法Schematic of Synthetic Diagrams

把情感要素叠加合成后，用图解的方式表现出来，常见的许多广场设计多是形式处理的叠加而缺少情感空间的叠加，这种叠加应该是同类的情感要素的叠加，才能表达其特定的情感主题。常见的空间处理是多样化的缺乏明确的主题，是庄重还是欢乐，混杂而失去特色。查理斯穆尔Moore设计的华盛顿潘斯威尼亚大街上的广场没有一棵树木和座椅，平铺的石材地面上刻的是邻近重要建筑的平面图和名人语录，思想性主题格外突出，给人留下深刻的印象。

● 功能表现法Fuctional Diagrams

分析情感空间的功能要求，情感也具有功能性，悲情的纪念性或欢快的愉悦场面都需要相应功能环境衬托。喷水池并不是到处可以乱用的，应有它的功能目的性,巴黎人流聚集的街道上,人行道边的一处小型喷水做得比较巧妙, 水流好像把钢板的地面拱起,增加了情趣又不影响行人的流通,也不过分的引人注目而干扰交通,恰到好处。

● 流线组织法Flow Diagrams

流线在人们心目中如一幅导游的地图, 自然而不费思索地引导你到你要去的地方, 以通顺而明确的流线体制表现演变中的情感空间, 就像音乐由序曲达到高潮。连续的流线再达到下一个次要的流线空间, 每个流线空间之间应与下一个区域有明确的联系。北京故宫的空间序列组成,由中华门开始直到钟鼓楼的轴线上贯穿着情感的演变。在组织流线过程中的"通过"如门楼、门洞、牌楼、出入口等等一系列必须穿行而过的程序, 这种通过感的过渡也是界定情感空间转变的标志。

● 分析法Analytical Diagrams

分析法即以逻辑的推理寻求情感空间的图解,模拟前人的经验是重要的, 学习大师的作品或者看上去和曾有过的什么有些相似, 都可以获得类似情感的产生。比如毛主席纪念堂看上去有点像林肯纪念堂,都具有纪念性,经过分析是可以借鉴的。如果一个纪念性建筑看上去像火车站或别的什么, 产生不相干的情感则至少是缺乏对作品创作情感的追求。

● 用真情唤醒生命Real Sentiments Arouse the Life

情感空间不需要奢华、富丽。它应是一个最自然、灵活、随意的场所,是一个自发的生活舞台,其特点应包括与生活同义的各种活动。

（1）安全

安全是人的最基本需求，建立空间领域的限定，保证该领域内从事某种活动的确定性与安全性。

（2）功能多样化

情感空间容纳不同的成分，以保证其内部活动的多样性和持续性，各个功能所需的空间可以是兼容的。

（3）基本人群的确定

要确定服务的人群和适当的空间范围，过大的范围则超出了人的控制能力所及和视听限度，弱化了人们的归属感与认同感，不利于公共活动的组织。在活动空间中，要有相应规模的最基本、最紧密的人群组织，他们是空间活力的支持者，是空间公共秩序的维护者。

∧∧北京香山饭店　流线组织法

∧∧ 墨尔本港湾中的黑天鹅
　用真情唤醒生命

　　(4)设施

　　空间中的环境设施可用来分隔界定空间，还可提供情感的发生点，为人的停留提供依托，促进各种行为活动的产生。研究把握人们活动的行为心理，引导和调动人们的积极性和责任心。

　　● 感知逻辑Perceptural Logic

　　对环境的逻辑感知是一种理性思维过程

　　(1)信息的传递。指环境艺术处理所反映的抽象内容,可分为图像、指示和象征三种。

（2）联想的激发。有意识地加强空间各组成元素的联想诱导性。由有意识的联想变为无意识的联想，进入更深入的理解。

（3）形象的移情。基于以往的记忆和习俗的直接感受综合产生的。主观情感向客观对象的移入，要具备两个条件。首先是移情的形象要能唤起某种情感体验的类似联想，二是形象同时能表达这种被唤起的情感，例如"红色双喜"与"白色花圈"分别表达吉庆与不幸。

● 时空感知 Perceptural of Time and Space

空间知觉是以视觉为主通过各种感觉共同作用而形成的，可分为形状知觉、大小知觉、立体知觉和方位知觉。

（1）空间的形状。线形空间有"动"的特质，面形空间有"静"的特质。

（2）空间的围合。可分开放与封闭两种，封闭易生压抑感，开放有离散感。

（3）空间的序列。空间形态有机的变化，称之空间序列，空间序列变化可通过空间曲折、节点处的收与放，开放与围合的变化来达到。

（4）空间的尺度。空间知觉尺度指人与物直接发生作用，人距离物的远近影响人的知觉作用和结果。人体尺度的应用指尺度本身就是以人为标准，可分近人、宜人、超人三种尺度。

● 视觉感知 Perceptural of Vision

视觉感知对外界进行选择加工，具有选择性，补足性，辨别性。可分为深度知觉、图形知觉、色彩知觉、空间知觉。

（1）水平与垂直。人的视野大致呈水平方向的椭圆形,水平向更接近人性,"人情味",在高层建筑中通过强调底部水平方向及细部设计。

(2)细部设计。人眼向下的视野较向上为大,地面上的物体为最多出现的物体,如铺地、环境小品,建筑细部、绿化等。

(3)图形与背景。可从背景中分辨出物体,轮廓线为一重要的图形因素。

(4)环境中的视觉焦点。置于光亮区,成为最引人注目之处,突出重点,画龙点睛。

● 空间界定与地域文化Space Limits and Local Culture

从构成角度看,建筑形式是内部体量和外部空间之连接点,在不同的文化背景下,不同的建筑形式构成了具有特色的外部空间。中国古典建筑的大屋顶,反映出中国人对宇宙空间与自然的亲和关系。伊斯兰教堂内部空间的那种魅力,表现穆斯林将宗教作为团结的精神力量的中心。建筑形式的含义既有文化上的特殊性,建筑形式也具有一定的普遍性意义。

● 空间中的时间与运动Time and Movement in the Space

人在有组织的空间序列中活动,既包括对空间的静观,也包括对空间的动态观察。由明到暗,由冷到热,由闹到静,空间所散发的气息,脚下地面的触觉,都对空间感受起作用,且都通过可以感受的运动完成的。城市设计是与时间相关的艺术,在任何气候和光线条件下都能被人观察体验,不同的人会有不同的空间意向。

<<2000年汉诺威世界
博览会匈牙利展馆

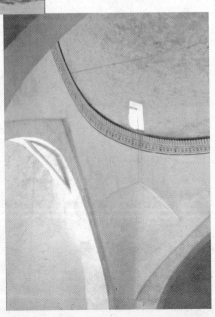

>> 伊斯兰拱顶内景

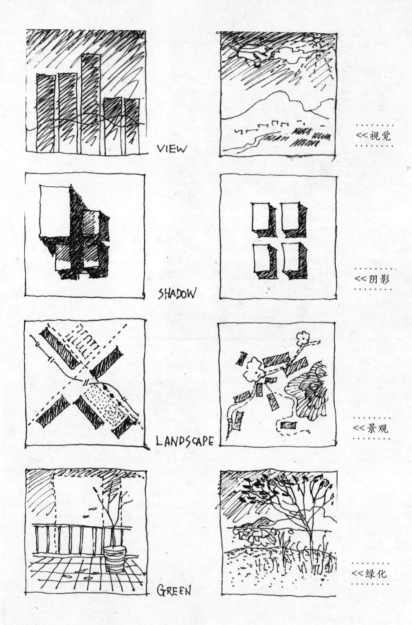

VIEW

<<视觉

SHADOW

<<阴影

LANDSCAPE

<<景观

GREEN

<<绿化

第二章

城市中的情感空间

一、悲情与怀念
Sorrowful and Cherish the Memory of

　　人类的感情中,悲情与怀念占据重要的部分,人人都有悲情、伤感和怀念的经验,生活中需要创造适合的空间和场所抒发人类的悲情。悲情、伤感、怀念……很难区分与界定其间的差异,但作为建筑师的空间环境设计,则要求笼统的制造一种悲情和怀念的气氛,再运用装饰和喻意的手法表达具体的情感内容。

　　悲哀是一种感情,是人们内心活动的一种表现。墓,孝子思慕之处,到墓地悼念是一种悲情的诉说方式。一块小小的石碑,最简单的环境空间,能产生难以表达的复杂情感，其情感空间的塑造源于传统文化，现代人们把清明节扫墓作为重要的祭奠活动。

表达对人物的怀念最直接的手段是雕像艺术，把建筑或建筑环境设计为人像雕塑艺术品的陪衬或装饰。首先是雕像作品本身的艺术性必须要能打动人心，成功的范例是华盛顿的林肯纪念堂中的林肯雕像，刻画深刻动人，配上希腊古典神庙建筑的庄严厚重，大台阶两旁的古代礼仪式的托盘，建筑内外精工的装饰浮雕，都衬托出庄重的怀念气氛，唤发出人们内心对一代伟人的思念情感。

唐山市公园中的李大钊烈士雕像也是国内少见的非常成功、简练而动人的雕塑作品，其环境配置有铺地形态的雪松，踏步石材的选用都精细得体，惟独后面新建了一座高楼破坏了环境景观和悼念的气氛。在纪念性情感空间的创作中，普遍的毛病是对环境的过分装饰。建筑装饰的手法的繁琐，使人眼花缭乱，削弱了悼念的主题。台北的孙中山纪念堂，建筑形象有点像东南亚地区乡土建筑的卷棚式屋顶的变形，中正纪念堂像个巨大的中国古代庙堂的伞顶，包括内地的有的纪念堂、纪念馆，全都显得装饰得过分，使建筑造型复杂化。

成都的杜甫草堂中陈列着许多风格各异的杜甫雕像，均为名家的作品，像是个雕塑展览，令人怀疑不知哪个像真的杜甫？丧失了纪念性空间的情感气氛，不如只选一个放在杜甫的茅草棚中更具感情色彩。南京的大屠杀纪念馆，采用碎石和枯树，颇具悲情的色彩，但是建筑师在建筑上仍然没有放弃过分的多余的表现。山东威海的甲午海战纪念馆，入口处晴空之下站立着一位大人手持单筒望远镜在那里张望，不知这样的形象要引发人们什么莫名其妙的情感呢？唐山大地震纪念碑和纪念馆都不是成功的作品，纪念碑除了底部写实内容的浮雕以外，未能表达主题对人情绪的感动，纪念馆更看不出建筑的造型与纪念地震有何联系。然而真正令人感动的是唐山矿业学院内存留下来的一处震损遗迹，大楼整体陷入地中，强大的地震力令人惊异，这种真实的实物触发的感受才是纪念唐山大地震最动人的场所。

在德国柏林市区动物园车站附近，保留了一座二战期间被飞机炸毁残存的教堂遗迹，如今在教堂旁边新建了一座教堂供使用。残缺不全严重破损的教堂仍然耸立在旁边，是对二战时柏林历史最好的悼念，是实物的见证，又是对战争的谴责，引人深思。

一座成功的怀念的情感建筑设计是柏林的犹太人博物馆，1989年6月设计竞赛的一等奖。建筑师丹尼尔、李宾斯基已是与埃森曼、盖里、海迪德等人齐名的解构主义大师。进入这座建筑的奇异空间之中，有三条线贯穿其中，一条通往以锐角歪斜组合的展览空间，黑色部分为核心的封闭天井，白色部分为展览空间。另一条轴线通往室外的霍夫曼公园，由倾斜的不垂直于地面的方格形平面的混凝土方柱组成，步入其中，由于斜坡地面及不垂直的空间感觉，使人感到头昏目眩，步履艰难，表现犹太人走出国境在海外谋生的艰苦历程。每根混凝土排柱顶上种植一棵树木，表示犹太人生根于国外，充满着新生的希望。第三条轴线直通神圣塔，是一个高二十多米的黑色烟囱式的空间，进入之后静立沉思，回忆犹太人过去经历的苦难，最后离塔时沉重的大门声响令你震惊，

以加深你的参观印象和感受。这是建筑空间光与声
给人造成的深刻怀念之情永难忘怀的印象。

∧∧林肯像

△△ 柏林二战期间炸毁的教堂

二、商事结点
Nods of Commercial Affairs

商事活动是人类生活中重要的交往活动，自古以来商业交换就不都是以单纯的交换商品和公平买卖为目的的，在商事交换中充满着感情的色彩。大多数情况下人们逛商店、逛市场、逛大街，买和卖往往不是惟一的目的。商事活动的情趣有三：一观赏商品；二看热闹；三了解市井民情。城市的商事结点是反映地域性文化的橱窗，因此，城市中的商事结点中富于感情色彩的装饰品位就显得格外重要。

北京的厂甸庙会是古老的传统商事活动，每到旧历过年时，人们愿意去享受厂甸热闹的情景。有大糖葫芦、山楂串、玉米秫秸制作的花花绿绿的风车，各种手工工艺的小商品，传统玩具空竹、风筝……不在乎购买的实用目的如何，而是要满足人们"过年"的情感习俗。厂甸庙会延续至今，但已经有了许多变化，由于这种独具特色的商事环境已大为改观，也就丧失了这种商事情感空间的特殊的感染力。

年货市场也是表现特殊情调的商事环境，年节的装饰品，彩灯、爆竹、吊钱儿、对联、手工艺玩具和食品、礼品等等具有民俗色彩的商业摊位构成特殊的过年的欢庆气氛。西方国家圣诞节前的市场亦具同样的情感效果，圣诞树、圣诞老人、蜡烛、贺卡、礼品、各种节庆的花花绿绿的饰品，成为人们心目中必不可少的一年一度期盼的全民性商事活动。

农贸市场在人们生活中的地位越来越重要了，

人们喜欢购买那直接或间接由农户产销的新鲜食品。讨价还价中也别有风趣,不论是大棚中的集市还是摆地摊的小贩,都令人兴奋。如果有大声吆喝叫卖的,更能增加商事活动的气氛。中国农贸市场的现状尚属经济改革的初期,农贸市场中还有许多个体自产自销的农民进城贩卖而显得格外活跃,如今已成为颇具特色的一种商贸形式。美国明尼苏达州每年秋季规定几天,农民们携家带口开车到省会城市明尼阿波利斯参加集市贸易活动,出售自家制作的食品、手工艺品、各种特色产品,马戏、杂耍、迷宫、魔术等等都来,商事活动不是惟一的目的,假日游乐与狂欢成了集贸市场的主题。浙江义乌的小商品市场十余年间已经发展到了第三代,由个体户资本迅速膨胀,如今第三代的义乌市场已具十万多平方米的规模,商店规模和货品等级早已是今非昔比。

以农贸市场的形式贩卖古董玩物的市场,别有情趣,像贵阳市中心区的河边玩物市场,天津沈阳道的古董市场,有的还加上了花鸟鱼虫和宠物,有小猫、小狗和花卉。古董市场上的艺术品虽然真假难辨,但把古董艺术品放在地摊上出售,总感觉它会便宜很多,许多人不愿进入标价昂贵的古董商店,而喜欢品味和鉴赏摆在路边的稀奇古怪的物件。外国的旧货市场,称吧扎(Bazar),有许多是家庭出售的旧物,集邮者、老唱片收集者的好去处,假日闲逛偶然会碰上物美价廉的艺术精品。在巴黎的街头艺术家的市场更有魅力,这是专业性的市场。

现代商业的超级市场或百货公司给人们购物带来了很多便利,但缺乏商事活动中的人情交往关系。只有买和卖,没有顾客与顾客之间、业主与业主之间

的商量与交流，这种商业形式不能取代传统的各种
自发形成的多样化的商事活动。

▲▲▲ 美国明尼苏达州的农贸市场

>> 义乌的小商品市场

∧∧ 居民区中的公共性场地

V V 居民区中的公共性场地

<< 商店广场

三、情事结点与亲密空间
Nods of Beloved and Intimate Space

　　人生历程中都有过谈情说爱的经验，虽然亲情与爱情充满人间，但最令人怀念的是青年时代的恋情生活。大学校园中的情侣们需要有情事结点和亲密空间，哪里有学校，学校的周围必然兴起为学生们消费的各种商业文娱服务设施，售卖鲜花、礼品、贺卡，供应情事的货品商店比比皆是。在校园的内部也应该为青年们创造交友、幽会的空间场所。校园中的亲密空间指"花前月下"的场所，也就是校园里适合男女生谈情说爱的空间。应该具备的条件是环境好、临水或较多的绿化，有可长时间休息的座椅、台阶。最重要的是私密性好，受外界干扰少，有树木遮挡，灯光昏暗的场所往往最受情侣们欢迎。原来天津大学校园中大水池的旁边，绿阴下有些长椅，确是师生们休闲、交友、读书的理想的优美环境，颇受师生的欢迎。不知哪位领导看不惯学生们在校园内的谈情说爱，一天突然池边的长椅都不见了，换上了相距不远不近的小石圆凳，一个凳子只能坐一个人，此后没有多少人愿意坐在那孤单、冰冷的石头凳子上去面对水面。在校园发展建设中，越来越忽视青年们的情感交往空间。

　　过去上海城市的居住空间十分拥挤，身居斗室缺少城市的交往空间，年轻人的情事活动都集中在外滩的江边上，沿着岸边的栏板排满着一对对的情侣，尤其是夏季的傍晚，成为上海的一道特色风景线，至今仍是城市中理想的情事结点和亲密空间。再看天津的海河边上的绿带，栏板设计没考虑朋友们可倚可靠的谈话的合适尺度和断面，所以留不住往来的行人。台湾的高雄有一条爱河不知是否由此得名。

北京的香山卧佛寺附近有一条山谷名樱桃沟，是北京传统著名的情事结点，是年轻人谈情说爱最喜欢的去处。现今建起了植物园，是过多的公共性人工环境。许多城市中著名的情事结点多是自然形成的而逐渐成为传统。美好的亲密空间必然都有其良好的环境因素，最重要的是自然条件的优美，池塘、江边、密林之中……建筑师要关注这种人类情感的需求，创造优美的城市情事结点和亲密空间。在曲折的公园小路边上，只要留出一些凹入的小空间，布置座椅和遮阳的大树，就给人们建造了私密性的亲密空间。

∧∧ 校园情结

校园情结

四、关怀与友善
Show Loving Care for and Kindness

关怀与友善是人类崇高的情感，当访问生疏的地方，查看地图时，马上就有人主动友善地来帮你指点去路；当横穿马路时，开车的司机友善地停车让路；在公共汽车上有人给你让座位……在城市中这种人际之间的友善与关怀，处处是温、良、恭、谦、让，是中国人的传统美德。

关怀与友善的城市结点，特别要体现在医院前的广场和医院建筑的公共大厅之中，体现在老人和儿童的机构之中，尊老、爱幼、帮助残障病人是人类关怀与友善的体现。

在医院附近设置为儿童活动的场地，让看视病人的亲友们的儿童有所去之处又不必进入医院。在现代医院的设计中很注重医护人员与病人和病人亲属之间的情感关系。在医院的底层大厅的公共空间中可辟多种功能，如礼品商店、食堂、与病人团聚活动的场所等等。各类建筑中设置的残障人坡道、专用的电梯等设施，都能体现人际间关怀与友善的情感。

▲明尼阿波利斯广场上
做游戏的小朋友

城市空间中的许多场合，特别要重视对儿童的关怀，考虑儿童的行为尺度和他们的行为乐趣。例如美国华盛顿动物园的入口处，为儿童设置的指示牌，按儿童视线的高度安设导游图，上面有各种动物的形象图画和足印。孩子们看完路线的足印图形以后，跟踪地面上的动物足迹前进即可看到要想去看的动物，这是按儿童行为趣味设计的导游路线。在德国许多城市的地下铁道车站内考虑到老年人上下自动扶梯不方便，而专为他们设置可进轮椅的电梯。当城市中充满人间的友善与关怀，人们将会越发热爱自己生活的城市。

　　德国城市中的药房和邮局都有全国统一明显的标志，易于寻找，在城市的地图上一定要标出药房的位置，以示对人的关怀。

∧∧董克俊　作

五、趣味和幽默
Interesting and Humorous

　　城市中的小趣味可令人产生幽默感或使环境更加充满生活气息，相反，那些充斥街头巷尾可有可无的大型城市雕塑，不但不能引起美感和趣味，有的由于落位不当，反而会大煞风景，令人厌烦。因此城市小品的装点的落位不仅在于空间构图的需要，更应注重环境空间的情感创造，塑造出城市空间中的趣味性和幽默感。

　　有趣的城市雕塑是活动的，可让公众亲自动手去摆弄、欣赏、玩耍，就像是街上的大型玩具。例如德国亚琛市闹市街巷中，有一组铜制的群像，头部、手臂和腿部都有活动的关节，这组雕像是描写古典故事中的几个人物之间的交往情节，摆弄各种手势与人物的姿态，可产生奇妙的情节，过往的行人在此摆弄甚为有趣。在2000年汉诺威世界博览会的场地上，也有一处用成排的活动的短木棍组成的拼图雕塑，人们靠在上面就能印出你的形体轮廓。活动的木棍被大家推来推去的又能组成各式各样的图案，奇妙无穷，无论是成人还是儿童都对这个雕塑备感兴趣。活动的城市雕塑就像公众的一具大型玩具供大家游戏和消遣。

　　幽默是更有深刻内涵的小趣味，当人们处于具有幽默感的空间中，忍不住要放声大笑，或是内心的微笑。如果城市空间中能有唤起公众这种幽默感的场所，当然是越多越好。地域性的市井民情常常能对外来的来访者唤起这种情感，甚至某些地方语言的音调、方言土语中的某些用词也是很有幽默感的。像北京许多古老的地名和胡同的名称，如金鱼胡同、锣鼓巷、烟袋斜街、四眼井、兵马司、大茶叶胡同、大北窑、帽儿胡同、干面胡同、羊肉胡同等等。天津的耳朵眼儿胡同、水月庵、湾兜公园、老西开、西大坑、灰堆等等，都是先有百姓的通称，尔后起的地名，很有幽默感，应延续保留。这和那些千篇一律毫无地域特色的地名不一样，像什么解放路、光明路、和平路、东风路、果品大楼、钢铁大楼等等，可以用在任何城市而没有地域特色。

在北京魏公村有一处公厕，立面设计颇具幽默感，男女两个入口和两个曲线形的窗户，在对称的立面上组成了一支蝴蝶的图案，看了自然会引人发笑，好像是把梁山伯与祝英台变蝴蝶的民间故事形象的

▼ 户外的茅厕

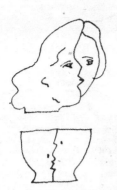

Λ 布洛克油画

ΛΛ 少女与老妇
少女的耳朵可视为老妇的眼睛
老妇的眼睛可视为少女的耳朵

<<充满活力的石雕人
像(左)
"哥哥和妹妹"保罗
克利作(右)

运用到公共厕所上了。

对建筑文化差异和不同的理解也会产生幽默的
情趣，北京流行一时的玻璃幕高楼顶上加琉璃瓦小
亭子，在建筑师眼中显得不伦不类。但在西洋人眼中
却会觉得格外有趣，正像我们在外国的唐人街看到
的中国式建筑和牌坊，虽然不伦不类确也别具一种
幽默感。国内流行的"欧陆风"把西洋建筑的部件胡
乱的拼凑，公众也许只能欣赏它那哭笑不得的幽默
感。

∧∧2002年韩国计算机展览

六、愉悦与欢乐
Cheerful and Happy

愉悦是出自内心的欢乐，城市中令人愉悦的空间应该是创造各式各样被动式的休闲场所，让人们在不知不觉之中感到欢乐而达到休闲的感受。休闲空间有主动的和被动的，主动的休闲空间包括各种娱乐场所，影剧院、游乐场、运动项目、旅游胜地……都可以达到休闲式娱乐的目的。在城市中创造被动式的休闲空间，带给人们意外的愉悦与欢乐，则是城市情感空间创造的重要要素。

愉悦的空间能带给人们欢乐的享受，任何节庆活动都需要在适宜的愉悦气氛中进行，中国有许多传统的民间节日正在逐渐恢复。台湾仍保持着多种多样的民间庆祝活动习俗，春节、灯节、五月节、八月节之外，还有纪念妈祖的节日、鬼节、好兄弟节等等。外国的狂欢节更加热闹、复活节有一周的假日，美国的哈罗温，德国的柯尼威尔节日，人们全都奇装异服，通宵达旦地纵情享乐，疯狂之极。外国还有名目繁多的音乐节。如今新兴的洛阳牡丹花节，青岛的啤酒节，潍坊的风筝节等等，提供了多种多样欢快娱乐的机会。调节工作的疲劳，沟通人际间的情感。

从人们欢快愉悦的活动中，我们可以发现，城市中对愉悦与欢快场所的空间布局该是多么重要，无怪乎各城市中大兴修建市民广场之热。然而在设计修建市民广场的热潮中，原本应考虑的是休闲、绿化和装饰美化的功能，而如今庄重严肃、几何图形对称者居多，制造轻松愉悦的气氛不足。喷水池或音乐喷泉多从形式美的造型设计出发，对于环境唤起什么样的情感则未见功效，只有热热闹闹，不足以引发人们的愉悦与欢乐。

在郑州开发区新建的一条不起眼的马路上，一块施工的工地被一条长达数百米的红砖墙围住。一天，学校的老师让孩子们有组织地在这条街的墙上作画，在风和日暖的阳光下，天真的孩子们全神贯注地在这面墙上大笔一挥，创作儿童们向往的世界。那

∧∧纽约洛克菲勒中心下沉式娱乐场

群儿童认真作画的场面着实令人感动，五颜六色的童真作品十分精彩，只可惜贴在墙上的纸张不可能长期保留下来。这次街上作画的经历对每个孩子来说可能是终生难忘的，因为这是他们亲身投入的愉悦的自我表现的经历，孩子们给这条呆板的墙面上赋予了欢乐的生气。

在芝加哥破旧市区的街头，那是个贫困的老城区，街道拥挤而狭窄，房屋已是老朽而阴暗。在一个街角处的山墙边上，设计师采用几根水泥方棍漆上鲜黄的颜色，焊接成为一组抽象雕塑称"无题"。下面铺装白色石子，背景的山墙涂成黑色，由上面投下灯光，鲜黄色的混凝土条在黑色背景、白石子和强光照射下分外悦目。这个简单的艺术处理使原本低沉阴暗的街头角落，一下子变得生机勃勃，令人心情为之一震，不由得产生一种强烈的愉悦情趣。

在东北地区的许多城市中如抚顺、铁岭等每逢周末或节假日的夜晚，常有民众自发地在街头举办秧歌舞会，浓妆艳抹的化装、男女老幼欢歌笑舞，热闹非凡，城市空间要为这些传统民俗的欢乐活动开辟了场地。

七、友情与交流
Friendship and Interchange

古人谓之人生三大喜事有洞房花烛夜，金榜题名时，他乡遇故知，可见他乡遇故知乃人生之幸。城市中需要建立友谊与交流的空间，人生充满友情的生活是幸福的，像过去村庄里的生活，全村人犹如一个大家庭，邻里之间鸡犬相闻。只是城市工业化以后的生活方式改变了，人际之间的关系变得冷漠，生活孤立而单调。未来的理想是由乡村城市化再返回到城市乡村化，就是要重建过去那种和谐、亲密的人际间的友情与交流。尤其是进入老年社会，友谊与交往更成为退休老年人生活中的重要部分。

城市中友情与交流的场所大多是自发形成的，缺少合理的规划与安排，在许多城市许多角落里我们会发现一些惊人的场面，在立交桥下的阴影处，在马路边上人行道较宽的树阴下面，冬日在避风的阳光角落里，常常设下成群的棋局或牌局，还常围上许多观阵的人群。在成都地区，许多大街小巷打麻将成风，有麻将一条街，四人一桌的牌局布满沿街的室内和室外。夏日在天津街头能看到路灯下的百人扑克摆成大阵，人气旺盛别有情趣，这是群众性自发的业余消遣和交谊活动。其实，中国传统乡间的街区规划设计比现代人想得周到，四川罗城小镇的中心大街，两旁有带顶的沿街茶座，像是骑楼那样的空间，室内外和街道连成一气,街道空间充分展现的是友情与交流,这种街区模式应该恢复与提倡,还回街市原本的功能。只是现代交通汽车称霸,强占了道路,使街道丧失了原本的建立友情与交往的功能,并把人们带入一条危险的境地。

城市中西洋人的午餐大都比较简单,有的自带食品在上下午工作之间歇时进餐,所以有工作午餐或午餐会议之称,即利用进餐时间大家可商量事情。但多数情况下,同进午餐是友情与交流的绝好机会,一边吃饭,一边谈心,自然要找合适的环境场合,不论是在室内还是室外都要设计好这种友谊与交流场所的环境气氛。许多大型写字楼前的广场上,阳光充裕的树阴下布置可坐、可卧的大台阶、座椅、小桌、花卉,在午间休息时会有很多职工在这里休闲、交

比利时布鲁赛尔以及英国的约克郡的历史性中心区都特别充满着人间的亲密与友善

往、谈话，充满友谊的情感气氛。

　　天津大学的校园中，大水池中间一段称"英语桥"，每逢周末的黄昏时分，想练习英语口语的学生们都自愿来到这里，加入只允许说英语的特殊语言环境。一群群的学生都挤满在桥上练谈英语，这既是学习又是交流与交友的聚会场所。

∧∧和洋人一起包饺子

八、餐饮一条街，富有情趣的吃喝
Eatting Street, The Charming Food

　　中国人以食为天，饮食文化首屈一指，饮食风味与特色丰富多彩，烹调技艺举世闻名，许多官员每当谈及名吃名菜，无不喜形于色。饮食文化也是一种情感的流露，餐饮一条街应运而生，有些城市经济发展不景气，但餐馆酒家林立，生意兴隆，顾客爆满。天津的食品街建于70年代末期，当时以为把众多的餐馆和各种风味饮食集中在一起，可以生意更为兴隆，然而人的一餐去一处足矣，到食品街只是有较多的选择性而已。这形成了各店在店外强拉顾客抢生意的局面，就像出租车司机在车站前争抢顾客的混乱局面一样，很不文明。后来证明食品街餐饮业的竞争十分激烈，价格低廉，如今竟有专车往返北京接送吃客旅游团体和婚宴包桌等，非常兴旺。此后天津又有了风味食廊、火锅城、海鲜城，粤唯鲜餐馆内还兼办了小型古董艺术博物馆。在广东地区餐饮业的名目更为红火。

　　早期的广州名餐馆，如泮溪酒家等，只靠幽美的园林景色和高雅细腻的广式室内装修盛传美名，餐饮的同时能得到园艺与建筑环境的享受，有的餐馆建在水上，有的鸟语花香，甚至席地而坐。广西和贵阳的少数民族餐馆则以传统民间竹楼形式建造，并有民族歌舞或以少数民族的风情习俗饮酒作乐，情感气氛独特，最吸引外地的游客。

　　台湾的小吃举世闻名且别有风趣，黄昏以后台北的小吃夜市灯火辉煌，摊贩云集，拉家带口的食

<<少林寺庙前小吃一条街

客、情侣们、游逛的旅游者往来不绝，小吃夜市招徕四面八方的休闲食客。

一位台湾留美学者说，他之所以要回台湾定居，其最具吸引力而难舍难分的是台湾的夜市小吃，台湾的其他城市如中坜等也都遍布传统小吃夜市。

餐饮环境中的感情色彩十分重要，当你在成都品尝正宗的四川火锅时，在乌鲁木齐品尝真正的新疆羊肉串时，当你在内蒙古大草原上品尝奶茶时，当地的自然环境风光特色更能加深餐饮文化的感情色彩，形成永难忘怀的美好记忆。台湾中坜有一处名为颐和园的小米粥葱花饼快餐店，对内地人有格外的吸引力，这个有中国传统特色的快餐店比相邻的肯德基洋快餐生意红火得多。台中有一处"无为茶舍"是一处充满古色古香传统中国文化特色的品茶佳境，朴素无华的竹楼草舍，鸟语花香。在窗边炕上对饮如在世外桃源，真是城市中的仙境。麦当劳和肯德基是国际化的快餐店，风靡全世界，它的经营特点是笼络住了儿童们的心理情感。从环境设计到经营方式和搭配时髦玩具的销售活动都让孩子们喜爱，带孩子来这里的家长并不只看重食物的本身，其在城市餐饮情感设计方面是非常成功的。

秘鲁安底斯山区印第安人的村落中，村民们的宴请有独特的习俗，把牛和饲养的各种家畜，用红色丝带打扮起来与客人同庆，他们认为动物和人一样充满感情，得与主人同欢。宴会则是把传统的食品、牛肉、蔬菜、土豆、叶子包裹的米，分层投入地坑中，下面铺垫烧热的卵石，再用土埋上，约一个多小时以后，共餐由土中挖出来的闷熟的食物，共饮家制的米酒，是极具情趣的吃喝方式。

九、文化一条街，城市中的文化情
Cultural Street，Civilization of City

　　缺少文化或文化沙漠使城市变得枯燥无味，城市的文化面貌是当地居民智慧的承传与积累的体现，城市的文化内容和规模是衡量城市生活质量的重要标志。城市的文化形态为其社会的效果所界定，一个城市文化形态的轮廓是被社会组合了的历史产物，城市中建造的文化空间和建筑面貌决定了城市文化的象征性。每一个地域、每一种感觉、每一处空间结构，它们以城市为舞台发生、逐渐形成，每天都在通过个体的特征和社会制度，在特定的时间和空间连续发展的交点位置产生城市文化现象。

　　天津的古文化街建成于1980年初，以中部的天后宫为核心，在旧市街的基础上仿古风格改建完成的。街道两旁的店铺以售卖文房四宝、书籍文物为主，还有许多地方传统的手工艺品和小商品，货品琳琅满目，街道空间尺度宜人，文化气息浓厚。天后宫已辟为民俗博物馆。前面的半圆形小广场上修建了一座门楼戏台，两边各有一根高高的幡杆，每逢节假日常有民俗表演，这里已经成了天津传统民俗文化活动的场所。北京的琉璃厂，上海的豫园城隍庙，南京的夫子庙等等都是具有传统文化地方特色的商业文化活动中心，彰显了城市中的文化情。

　　台北市的衡阳路是书店一条街，在其他城市很少见有那么多书店集中在一条大街上。街面虽然平平常常，但对文化人来说确是城市中难得的一块享受知识的宝地。很多人每到台北必到这条街上浏览书籍，虽然并非是专来此买书的。它比图书城等大型书店更具文化气息和活力。

　　城市中的文化设施如图书馆、博物馆、音乐电影演出场所,各种展览会都是城市文化的基本表现。人们对巴黎或北京第一位的评价是它们的文化根底深厚,其他城市是无法比拟的。在巴黎的街头巷尾,各种类型大大小小的博物馆比比皆是,城市中充满着文化的空间。所以德国人的双休日停止一切商业活动,商场和店铺全都关门停业,让人们体验文化性质的真正的休假,文化生活是人类第一位的休闲活动。德国科隆莱茵河边有一座巧克力糖博物馆,是在原有的一座巧克力工厂的厂房基础上改建的,进入华丽的大厅,首先见到的是一座巧克力喷泉。博物馆展示巧克力从种植可可到成品的生产过程,儿童们还

▲▲ 天津古文化街

可动手操作,情趣无穷。底层设有售卖大厅,确是家庭文化生活的美好去处。在墨尔本有一处用旧工业厂房改造的科技博物馆,内部设计生动多彩,也是让观众在亲自参与和操作中增长知识,满足人们对科技知识渴求的情感。

美丽达罗马文化遗迹博物馆
莫内欧,1980-1986
现代建筑和罗马遗迹共创了一个 20 世纪罗马风格的香格里拉

十、冥思苦想的空间
Think Long and Hard Space

　　人对外界的感觉大量是加上认识的感知，最重要的是思索，哲人、艺术家、学者都是伟大的思想者。大众全都是学生出身，"学"即是思想，人们学习的过程离不开思索的空间。因此在人类生活中需要各种类型冥思苦想的空间，书房即是这种空间，鲁迅故居中的"老虎尾巴"小屋，他曾坐在那张藤椅上，面对窗外的一棵枣树写出过许多不朽的短文。朱自清描写清华园中的"荷塘月色"，如今其景尚在。《老残游记》中的济南大明湖，比真的大明湖要美妙得多，如今只能从他的诗文中设想出理想的大明湖的情景。杜甫草堂和陶渊明的"世外桃源"，剩下的只是当时情与景思想空间的追忆。在欧洲是莱茵河的美景孕育了贝多芬的音乐天才。如果生态环境继续恶化，城市文化的趋同与城市文化沙漠化，人类的思想境界也将陷入枯燥和贫乏。

　　冥思苦想的城市空间，优美安静的环境和天然美景有关，同时也可以创造人为的美景使之具有思想性的感染力。罗丹的著名雕塑"思想者"摆在适当的环境位置就可以加强此处空间环境的思想性，产生巨大的感染力，会引起观赏者诸多的联想。在美国纽约州的如吉尔大学校园中，土木系实验室的门外有一处题名为"沉思的女大学生"的雕像。这是一位材料实验室老师的作品，是用大小形状不同的曲线形的水泥抗压试件水平叠起的一座塑像。形象抽象而生动，成为校园中引人注目的焦点，沉思的内容和含义烘托出校园的学习环境。在学校建筑组群之中需要强调有思想性的空间表现,过去老的北京大学、武汉大学、中山大学都曾有过这种冥思苦想的空间环境。中国古代的书院建筑,如嵩阳书院、岳麓书院,北京的国子监,建筑布局都有很强的思想性寓于其中。

城市中地域或街道的名称也应具有思想感情的内涵,而不应是简单的以省市名称或经纬数目或伟人的名字冠名,只起个符号的作用。如今商业之风盛行,以获取钱财冠名者甚多,如青岛海尔冰箱买的海尔路冠名权的做法极不可取。有的城市如德国亚琛是建筑大师米斯万德罗的家乡和出生地,那里还保留了他童年时住过的一栋房子,称米斯万德罗大街,引起人们对大师的思念。德国也有许多以音乐家冠名的街道,常常与这些音乐家的故事有联系,引发人们对音乐家的回忆与联想,这也构成城市中冥思苦想的空间。

十一、生命中不能没有热闹
Lively in Live

　　人的天性包含着喜欢热闹的因子，打猎归来，高呼狂舞，收获完毕，拜天祭地，是虔诚的热闹；敲钟击磬，大宴诸侯是天子的热闹；摩肩接踵，闲逛庙会，是百姓的热闹。热闹是生活的需要，没有热闹生活便缺少了生机，失去了活力，少了乐趣，淡了滋味。所以逢年过节要热热闹闹，连儿童也要欢呼跳跃，到处看热闹，凑热闹。热闹是指景象的繁盛活跃，使之兴奋，给人以热烈的情绪与开朗的心境，消除抑郁感、孤独感、失落感之类的情绪。

　　纽约洛克菲勒中心楼群前面的下沉广场，夏季有音乐流水和休闲茶座，气氛活跃；冬季则是热热闹闹的滑冰场，使繁华的城市中心区热热闹闹，这种火热的场面是大城市中不可缺少的。

　　规划大师霍佩费尔德（Morton Hoppenfeld）二十多年前建造哥伦比亚新城，已经住进36万人，那里的人都受过高等教育，热心参与团体活动，道德观念甚至经济观念都有相当一致的认同，这使他们愿意来此居住并把这个新城当做未来城市的雏型。现在霍佩费尔德说如果让他再建设一座新城，将让霓虹灯和灯红酒绿的热闹场所出现，未来的理想不能太单调，这也正是我国许多新区建设人气不旺的问题，人气就是要满足人们爱凑热闹的天性。

　　对老年人来说热闹不仅是生活的需要，而且是生存的需要，"常回家看看"，就是给空巢中的老人送去热闹，老人从空巢中"常出门转转"则是主动寻找

热闹。因此老年人公寓不应设置在城市边远的郊外，要靠近市中心区，热热闹闹的城市中心区。然而当今许多教育部门没有照顾退休老年教师的身心需求，而是把靠近校园接近校园的住房划分给在职的青年人，把年老退休的老教师外迁到城市边缘地区。让他们晚年"独在异乡为异客"，心中惦念的依然是"每逢佳节倍思亲"，热闹可以使生命的余烬重新燃旺，生命中不能没有热闹！

　　热闹包含着欢乐的情绪，但又不全是欢乐，如果一座城市缺少人们凑热闹的空间，也会带来一些不应出现的问题。像天津中心广场的大片草地上布置的小鹿等小动物的雕塑曾遭到中学生们踢球破坏，滦水园布置的观赏微缩景观屡遭破坏。其原因之一不能不说有缺少热闹活动场地的原因，到处都是"禁止入内"，过分的限制了人们要找热闹的心情。

十二、小资情调与海派风情
Petty Bourgeoisie Sentiment and Shanghai Style

　　上海的灯光夜景,恢宏大气,外滩、东方明珠、人民广场、世纪大道的灯光夜景可谓是海派风情,但这并未触及到上海夜景的深处。衡山路始建于1892年,原名贝当路,长2.3公里,现为休闲娱乐街,以中高档酒吧、咖啡厅为主,号称上海的香榭丽舍大街。路宽十余米,尺度宜人,欧陆风格的人行隔离栏,路边法

老上海

△△ 上海浦东大草坪中的喷水池

国梧桐枝叶交接。陈旧的灯柱，昏暗的灯光，一切都
那么自然，营造了幽雅、静谧的气氛，商人把心思放
到了门口、橱窗和招牌，非常注意细部。图案精致、光
色柔和，但色彩鲜明，彩光运用霓虹灯不多，绿色光
源树灯只用于局部渲染，整条路的灯光环境和谐统
一。小资情调浓厚，是上海夜景给人留下最深刻的印
象，小资情调与海派风情都是需要的。

十三、城市生活方式个性化
Individual Living Style

　　在全球高速城市化的进程中，城市中的生活方式趋同，住的、吃的、穿的、用的，越是现代化越千篇一律。人的生活情趣个性化的追求也是人类的本能，不喜欢大家一个样。从近年中国的房地产市场来看，开始是买面积，再到买室外环境与精装修，再到购买生活方式。广州的奥林匹克社区的住房热点是健身运动，会员制的健身中心成为购房的热点。广东番禺南沙修建的中药养生园，确是养老治病以长寿为目标的居住社区，"生态家园"的口号也十分诱人。北京的SOHO办公住宅又是一种新型的生活方式，Town House乡镇住宅也在大城市中流行开来。现代欧陆风住宅在欧洲的出现是建筑师波菲尔（Ricardo Bofill）的几组古典主义的街坊设计蜚声世界，他全力关注建筑形式，追求过去时代的官邸气派和装饰的高贵典雅。为了使居民生活更丰富多彩，他追求空间艺术和符号艺术，并发展传统建筑语言。1983年他设计了巴黎的庞大居住街坊拉瓦雷新城，被称为"宫殿、剧场和拱门"公寓群，包括9层的半圆剧场公寓，19层凹字形宫殿公寓，中间是10层拱门公寓，其怀古情绪和官邸余威使居民得以享受某些古典气派，产生像皇族般的心理满足。80年代他设计的巴黎圣康坦新城被称为"人民凡尔赛"居住街坊。在欧陆风席卷中国的风潮中，哈尔滨兴建的欧风居民小区把古希腊罗马的雕像、水池、瓶柱、灯饰、繁琐的线脚都搬了进来，虽然不伦不类，但居民可能也是要在这里享受一点洋人古典的生活情境吧。

　　所谓"心由境生"和"境由心生",以及"有我之境"和"无我之境"传统的审美心态,都是将客观景象远离其自然原形,由主体人反复品味。四个人一间的宿舍,在每个人眼中都极为有限,每一个人都渴望能

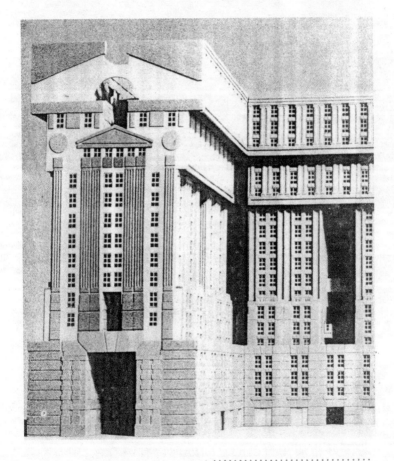

∧∧Ricardo Bofill 设计的公寓住宅

在这有限的公共空间中，营造属于自己的一片天地，因为我们需要属于自己的情感空间。于是你会看到不同的宿舍出现不同的格局，空间均按照个人的情感与行为要求划分开来，行行色色，人们按照自己的性情与爱好将属于自己的空间处理得有声有色，别有一番情趣。

十四、对老屋的怀念与旧地重游
Revisit a Once Familiar Place

在人生的经历中都有许多难以忘怀的情感空间。长大以后离开父母不得不依依不舍的告别童年嬉戏的老屋，那老屋拆了改了又怎舍得呢？但若不改不变，在住房条件不断改善的同时隐约感到对自然环境的失落。无怪乎现代许多城市人去乡村体验生活，找回一点失落的情感空间。对老屋场所的怀旧会有几处突出的印象：

∧∧ 波士顿格劳斯特 300 年老屋
Boston Gleucersters old House

1.半开阖的空间,有半隐蔽半开敞的特点。

2.环境条件稳定。

3.从来不适宜很多人停留。

4.视觉环境较为单纯,没有浓艳炫目的色彩。

5.在公众目光所及之处,又不被别人干扰。

身在其中,有一种放松和无约束的畅快空间,中国的传统民居的格局与生活模式,恰恰是最理想的值得怀念的情感空间。

旧时的苏州印象是小桥流水,宜人的尺度,朴素的水乡,永远地存留在人们的记忆之中。几十年后再返苏州已是面目全非,其在向上海、深圳看齐建设国际化大都市,还引进了新加坡的工业园,古老的城区被夹在中间。新区中的中央公园与湖滨公园吸引着苏州的青年一代,它们与外国的大公园十分相似,大色块,大空间,大手笔,它可以放在任何一个城市里。设计师肯定没有对苏州旧地感情的投入,追求的时髦而置二千五百年的历史而不顾。时髦只是暂时的,现代的年轻人已经失去了寻找古老苏州的感觉,未来的年轻人又会怎样的呢?

家乡对人来说,房屋、街道乃至一草一木都能产生情感,原先熟悉的环境存放着往昔的记忆,珍藏着以往的梦想,旧地重游就是怀旧,又生怕重游以后,引发出失落的情绪。

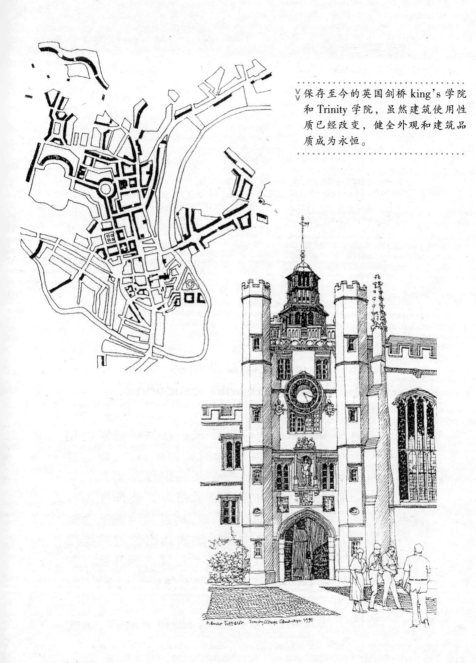

▽▽ 保存至今的英国剑桥 king's 学院
和 Trinity 学院，虽然建筑使用性
质已经改变，健全外观和建筑品
质成为永恒。

第三章

城市情感空间的
装饰语法

一、装饰营造情感
Decoration with Emotion

　　建筑师通过运用装饰的手法，在显示建筑物相似性的同时，鲜明地突出统一的装饰风格，这时建筑就具有了装饰性风格。每一个装饰组件都是为表现主题思想服务的，如维多利亚风格以其装饰性为特点。装饰是艺术表现的重要手段，而且装饰能蕴含鲜明的寓意，以象征和比喻等手法表达出伦理道德规范和审美情感。彩绘、装饰雕塑上经常出现有教育意义的故事传说，在潜移默化中劝人为善，达到了"成教化，助人伦"的功效。

　　装饰手法常用的有一、谐音，即以音喻言，如猴子骑马与马上封侯谐音。二、形意，如松鹤喻意延年。三、吉祥符号，如万字和寿字。四、匾额楹联等等。这些手法或反映了百姓朴实的感情和美好的生活理想，或反映了文人雅士高雅的情趣和志向，这些装饰

不仅使空间增加了美感，还营造了人性和人的情感空间。中国传统建筑丰富的装饰手段，与西方宗教建筑综合运用多种艺术手段营造崇高神圣的情感空间，具有异曲同工之妙。

∧∧ 上海音乐厅大厅中的壁画和地面铺面的装饰性

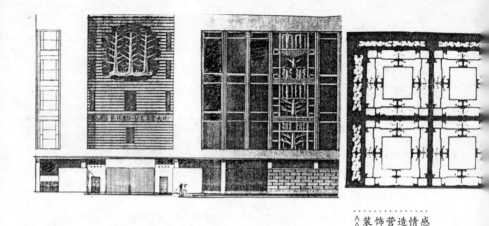

二、气质与风貌，城市的服饰美
Temperament and Features

　　人具有装饰审美的天性，打扮自己取悦于人也
自我欣赏。城市的风貌特征也和人的气质一样，充满
装饰性感情的色彩，所以我们可以把对城市的整体
风貌印象比做人的气质。一般印象是德国的城市面
貌秩序井然，交通组织科学合理，事事讲究效率，垃
圾的严格分类回收制度在其他国家难于做到，德国
的城市面貌好比人的气质，体现出这个民族严谨的
气质特征。城市建筑的装饰就像是住在这座城市中
居民的自我打扮，是整体居民气质的表现。欧洲人装
扮自己大多典雅朴素，所以他们的城市建筑也大体
上和谐统一，不过分的奇装异服的自我夸张。美国的
城市面貌则更多的表现为个人主义的极度膨胀，过
分的自我夸张，出奇制胜式的奇装异服式的建筑装
饰比比皆是，也不失为一种极具个性化的作风。

城市风貌代表居民的气质，城市的车站、码头、港口、过往人流交汇之处是城市的入口门面，风貌气质更为明显。有的城市还不懂得要装扮自己以给人留下好的印象，有的城市不会装扮自己，把交通广场当做观赏之胜地，做过分的装饰，以致弄巧成拙，杂乱而庸俗。有的城市似是而非，看不出一点地方特色，不知是到了哪里，留不住记忆，很快即被淡忘了。重要的是城市面貌所体现的服饰美能够表现当地人民的气质和风貌。

　　城市的风格好比人的风度，风度也是一种气质，风度靠装扮的品位与追求而有所体现。一个时期以来，特别是中小城市中的建筑，为了求洋的心态而装扮自己，大多喜欢采用白色面砖饰面，配以天蓝色的玻璃，好像是脸上抹了过多的白粉，太多的丑角上场，形成一片新的千篇一律。其实，大多数的房子按其尺度与规模，不如采用朴素淡雅的清水砖墙更自然而高雅，装扮得过分不如不化妆。风格的高雅或粗俗是建筑气质的内在表现，有的房子远看还像样，近处一看则粗糙不堪，只有形体而没有细部，就像是穿了没有衬里的西装，人造革的皮鞋，塑料的草帽，实在没有风度。近些年来又流行起一股强劲的"欧陆风"，建筑立面模仿西洋古典风格，柱式、檐口、窗套、瓶柱、栏板，甚至古希腊罗马的女神塑像也不分场合地到处搬用。这种西化复古之风和盲目崇洋的大片镜面玻璃幕墙和闪亮的不锈钢门柱，还有的把建筑套上混凝土的格笼，像是什么高深的流派，其实都是故弄玄虚，虚假而造作！50年代中国的建筑界受全盘苏化的影响，苏式的繁琐的生日蛋糕装饰流派曾经流行一时。那时大兴大屋顶之风，可留下的中国式装

饰风格，至今仍有魅力。如果没有后来的诸多偏激的
政治运动的干扰，这股对民族形式的追求风潮延续
下来，也许会对今日中国传统建筑的风格打下更为
深厚的基础，建立起中国式建筑风格的现代特征。

　　城市中的装饰新潮，不论多么"新"，总是反映那
个历史时期的片断的建筑思潮与特征，比如天津的
租界建筑风格是20、30年代欧风建筑高潮的反映，如
今力求延续其中某些优秀设计手法是必要的，但刻
意去追求已经过时的风格面貌，甚至把现代建筑外

∧∧ 伊斯兰建筑的外衣

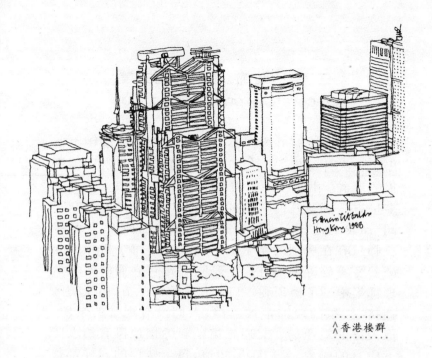

^^ 香港楼群

貌套上古老形式的包装，显得不伦不类，不能满足现代人对未来求新的愿望。西式、中式、不中不西，不论什么样式都应该建立在地域性风格的基础之上。天津的欧风不是欧洲大陆上的欧风，天津的老城厢民居也不是北京的四合院，天津新建的现代的高楼大厦，和北京、上海、深圳也应该很不一样。

　　大式和小式是中国传统建筑严格的等级划分，大而得当，小而得体。如今则普遍追求贪大求洋、小题大作之风普遍盛行。越是小城镇广场越大，道路越宽，一个交通转盘可大到300米直径，失去了合适的尺度，就丧失了得体的风格。在空旷的空间之中，城市装饰就失去了作用，人则显得格外渺小，人意识不到自我的存在，就无情感空间可言，衣服、帽子、鞋都太大了，你会有一种什么样的感觉？

三、楼顶装饰，城市的发式美
Decoration on Building Top

    上海浦东新开发区高楼林立，幸亏楼群中央留出了一大片绿地，人们可有足够的空间观赏周围密集的楼群。由于结构的需要，凡超高层建筑无例外的多呈方、圆等几何规则的细高形体。要做得与众不同，高耸的建筑立面没有必要做多余的加工，于是建筑师只有在房顶的帽子上下功夫了，每个楼顶都充满着零零碎碎的饰件，于是高层建筑立面的艺术处理都集中到了楼顶和入口。大多数情况下，由于街区拥挤，楼顶的装饰常被遮挡，人们没有观赏的余地。像天津的劝业场、交通旅馆精彩的楼顶没有给人留下应有的印象，人们哪里知道，每个楼顶的式样都曾是建筑师煞费苦心经营设计的。如果站在电视塔上，从观景窗向下俯瞰城市，各处冒出来的尖顶塔楼，五花八门，样式丰富，灰色单调的平屋顶上的小烟囱和堆放在房顶上的杂物也一目了然。

    高层建筑的式样美，真的像是人的穿靴戴帽，KPF创作了高层建筑顶上的金属格架式的遮阳帽，颇具情趣，于是照抄和仿冒者就流行起来。北京曾一度风行中国式琉璃尖顶小帽，是否算是京派？现在又流行在房顶上加上一个波浪曲线的天棚。楼顶上的饰件就好像是人的发式，有各式的发型与式样。传统的古典城市中的至高点控制着城市天际线的整体轮廓，北京中轴线上的景山，华盛顿大草坪上的方尖纪念碑，科隆大教堂等都是这样。在传统城市中，新建

<<天津电信大楼钟塔

的高楼不应该破坏传统城市的发式美。天津原有的
各国租界地都有各自的城市制高点,如西开教堂、望
海楼教堂、劝业场、百货大楼的尖塔,各种造型优美、
装饰秀丽、适度的视廊空间,交互构成城市空间的底
景。但如今高楼林立,无序的竞相比高低,尺度都超
过了原来的那些闻名的老塔楼,显得杂乱无章且标
新立异的独特的新发式,就像一群嬉皮士染成五颜
六色的扫帚式毛发,显示出文化素养低下。

^^ 克里姆林宫教堂金顶

^^ 曼谷寺庙檐顶

四、城市的饰件，喷泉、雕塑、广告
Ornaments，Fountain、Sculpture、Advertisement

1.喷泉，动感的城市饰件

用喷水池装饰城市，自古以来就有许多优秀的范例,当今各大城市的音乐喷泉甚为流行,更有造价昂贵的水幕电影。但是许多现实的实例说明,绝大部分时间它是不喷水的,给人一种凄凉之感,把喷水池和雕塑结合处理,则能赋予更多的情感含义。所谓艺术品,说到底也就是情感的表现,任何城市中的装饰艺术品都能焕发人们的不同情感。观赏城市中的饰件,看其选型是否运用恰当,与环境是否协调,尺度是否合宜,给人什么样的感觉和印象,过分、不适当或艺术水准低下的装饰艺术品会使人感到沮丧和厌烦,还不如不要。

济南新建的泉城广场上的音乐喷泉，吸引着众多市民,虽然广场建设拆迁了许多房屋耗资巨大,却得到了大众的好评。在山东省兴起了一股建设音乐喷泉的热潮,许多城市争先效仿。仔细看来,泉城广场自然是以泉水为主题，高大的雕塑也做成抽象的喷泉,有了真的何必又要做个假的？广场上什么都要有,多余的东西太多太多,过分的装饰成了我国新建城市广场的通病。唐山抗震纪念碑前的城市广场、火车站广场上,有许许多多雕塑小品,有的做工粗糙,有"画蛇添足"之感。

天津的中心公园是原来法租界的一个城市景

点，圆形的花园中心有一座幽雅的西洋古典小亭；过去曾有过一尊圣女贞德像，在闹市中独具风采。中心花园像一个轮轴，周围的道路在此交汇，尺度与环境配置恰如其分，且具有历史文化的含义。但如今拆除了这座值得纪念的小亭，修建了一座很少喷水、显得不伦不类的音乐喷泉，有点历史和建筑知识的人无不备感伤心。

2.从属于环境的城市雕塑

作为城市饰件的雕塑艺术品，凡成功的作品必
然与环境协调并形成城市中标志性的象征。如纽约
米斯学派黑色的钢管玻璃大楼广场上安装毕加索绘
画抽象图形制作的巨型雕塑，被公众称为"女人头
像"，与环境的配合十分得体，成为公认的名作。卡德
尔的作品"火烈鸟"，巴黎协和广场上的群雕，布鲁塞

尔的男童、新加坡的狮鱼等都有很大的影响。有些城市的标志性建筑也可以看成是城市中的装饰性雕塑，如巴黎的凯旋门，埃菲尔铁塔，柏林的勃兰登堡大门，莫斯科的斯巴斯基钟塔、伦敦的大本钟，北京的牌楼和城楼，它们原来修建的目的就有装饰的意义。

　　成功的城市雕塑不胜枚举，作为城市装饰的雕塑有的以表现明确的主题为目的，如青岛五四广场上的火炬要表达政治含义。各种类型的纪念碑、伟人

∧∧ 美国楼前广场上的毕加索
　　的"女人头像"铁板雕塑

>> 纽约林肯中心水池中的雕塑"两个人头和举着的手臂",亨利摩尔作

塑像,这种雕塑作品本身的艺术感染力至关重要,同时对环境的陪衬与设计也十分重要。唐山公园中的李大钊雕像非常精彩,手法简练,线条挺拔,质感粗犷,生动传神。厦门鼓浪屿海岛端处巨大的郑成功立像,所处的山石大海气势磅礴,情景动人,但巨大的石雕手法过于写实,站在那里只感觉是个小人的放大,缺乏抽象的想像力。

在环境设计中,整体的得失要比局部的好坏重要得多,装饰品处于整体环境中,不应使其中的任何属于自身生命的部分,哪怕是一个细节分离出去。在一个真正完善的艺术作品中,没有任何一部分能比整体环境更重要,如果这个雕塑显得多余,宁可不要它。环境的黏结性说明整体之间、两种或两种以上的环境要素之间的关系,这种关系可以寓于其中,相互联系,相互毗邻,或以中间体连接,或位于中央,其形式多样。黏结性是用协调环境关系的重要手段,德国科隆艺术展览馆屋顶上陈列的亨利摩尔的抽象雕塑与背景科隆大教堂,在色彩和质感上有和谐的黏结性。

3.夸大其词的广告

广告是城市中最常见的宣传方式，不仅是商品广告，还有服务报道、文娱节目、旅行游览等等。一般通过报刊、电台、电视、招贴、电影、幻灯、橱窗布置、商品陈列等形式展示。在城市环境中，广告的布置艺术反映当地的文化艺术水平和人民的素质，尤其是在繁华的商业中心，广告的视觉效应远比商业建筑造型本身更加具有吸引力。城市中恰当布置的广告或设计精美的广告能烘托城市中的装饰气氛，布置不当或内容低俗的广告会破坏城市的形象。

商标招牌是工商业企业为区别其制造或经营某种商品的质量、规模和特点的标志，用文字、图形或符号注明在商品、商品包装、招牌和广告上面。招牌设计可使街道景观富有风趣，具有民族与传统、地方性风格的招牌能创造特殊的情调与气氛，并提供城市中色彩鲜丽、醒目的装饰艺术。

当人们漫步于城市之中，会见到各样的告示，告知你当地的情况，指点你的去处，告示是来访者心目中的导游地图，明确而醒目的告示对来访的观览者有很大帮助。同时恰当地设计和安排告示能促进城市管理的条理化，也是美化城市的手段。在机场、车站、广场、商场、公园、校园等等公共活动的场所，室内和室外都需要美观、醒目、简明的告示。告示在城市空间中是靠近人的尺度的装饰品。

标志是建筑环境中直接和人的联想有关的极为有用的手段，标志能提供一种隐喻的力量，用标志设计做概括性的说明，它比明白的告示具有更强的简明含义。城市标志被凯文林区定位为城市设计的五

<<圣诞节前的商业广告

大要素之一，标志不是随意性符号，而要陈述某种特定含义。设计完美的标志形象，如同无形的声音，比告示更明确易懂。在环境中有重要的景观功能，也是美化环境的要素，在城市环境中的许多重要部位都需要优秀的标志设计。

∧∧ 美国华盛顿动物园的指示牌

∧∧ 符号、标志、广告

信号是符号的一种，建筑符号使建筑具有注释的意义，在城市环境中，人们见到的许多信号只是指示的标志，要求清楚明了，建筑符号的装饰性构成城市中的装饰美。一个符号必定由两部分组成，即"能指"与"所指"，街头上的符号即是"能指"，它所代表的事物内容即"所指"，能指与所指一致及其易懂性，才能达到清楚明了的目的。在符号与信号的设计中，美的形象可以加深人们对符号的印象。

转向在人们城市生活行为中是经常的，转换方向行进的机会多于沿着直线行进，在城市或建筑环境中遇到转换方向的地点，需要设置转向的标志或符号。转向的标志应该是城市空间中必不可少的装饰物，转向的标志要布置在恰当的位置，醒目易懂，并能真正达到指点人们转向行动的效果。在各种交叉路口设置转向标志十分重要，当你发现自己需要问路的时候，也就是发现了当地环境设计的缺欠，没有布置明确的指路标示。在机场、车站、地铁、大型公共场所，特别是地下空间和联系楼群之间的空中步道，转向的标志尤为重要。

五、城市的装饰细部
Detail of Vrban Decoration

审美欣赏活动本质上是感性与理性统一的复杂心理活动，欣赏者根据自己的生活经验，文化素养对城市的各种细部进行观赏，构成审美意象。对建筑环境细部的审美趣味和鉴赏力虽有不同，但可以提高观赏者的建筑知识，观赏者的爱好又可以促进建筑师改善建筑的细部设计。建筑细部观赏的核心是对观赏对象的了解、感觉、认识、感情、经验、趣味等等。观赏者要调动过去的印象积累，以丰富、完善观赏对象的形象。观赏细部有时是无意想象和不自觉产生的，而有意想象则是自觉展开的想象，在人为的环境中要创造出可供观赏的细部，而许多现代建筑却缺少这种细部。摩登运动曾经全力反对装饰，提出"少即是多"、"装饰就是罪恶",形成了一个时期冷冰冰的方盒子国际式建筑风格,后期摩登主义则针锋相对地提出"少是厌烦,多才是多",带来了装饰繁多的"欧陆风"大回潮。

　　线脚是建筑上的装饰,建筑上线脚的不同部位既有掩饰缝隙缺点的功能作用,又是建筑美化的装饰。同时建筑的线脚还能代表一定的含义,述说建筑

>> 城市像是人类的动物园,一切重要的都应该贴近人的视线水平

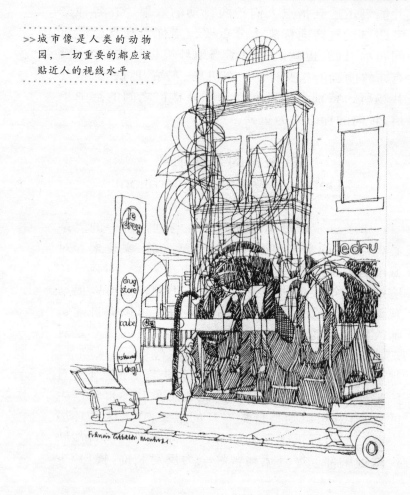

所要表达的语言。例如佛教建筑上的仰莲和俯莲花饰；西洋古典建筑的回纹边饰和卷草枝叶；中国台基的石刻线脚。西洋古典柱式与之配套的线脚；英国维多利亚花边式的线脚。建筑线脚还包括室内装修和家具上的各种风格的线脚。

节点即建筑细部中的关节点，在细部大样设计中至关重要。当我们观赏一座建筑时，要注意它的节点设计是否巧妙、精细、惹人喜爱。有的设计只是使用简单粗俗的商品化成品，无节点细部设计可言，说明设计者对所完成

▲▲ 曼谷街头的装饰物

建筑设计没有深度的理解。鉴赏节点设计之精美与拙劣需要较高的建筑艺术素养，同是一片玻璃栏板，一条大理石的转角拼缝，一件门环，一件灯伞，踢脚板，挂镜线……在建筑师手中却可表现出高超的技术和艺术水平。

六、陈设
Display

陈设也是装饰的细部，由于人们都喜欢把他们不愿意忘记的事物保存在周围环境中，装饰学和室内设计才得到广泛的发展。在生活中最美的室内布置原则应该是来自生活中的物件，这些物件能涉及主人所关注的事件并能引起回忆的故事，唤起人们的联想和怀念。室内环境布局、装饰、色彩、墙壁上的挂贴、画幅等等，对人的心绪和感情均有影响。日常用品、家具、装饰品、服装、发式等等与人们接触和关系之多，远远超过人与专门艺术品的接触和欣赏，许多零星的生活用品的美是室内景观的主要因素。微环境是最贴近人的环境部分。以明式家具为例，明式椅的明显功能无非是消解疲劳。人的受力点是一个多点的整体，背、椎、大腿、双脚、双手七个受力点，很好地起到把人的重力分散的作用。明式椅的潜功能是构筑人活动的微环境，不单是休息的主要家具，而是生活、社交和伦理的、属于当时人的情感方面的。作为室外陈设的艺术品点缀着室外的微观环境，装饰性的门楼、矮墙、影壁、窗花、细小的装饰、铺石的小路，一石一木，都是装扮环境的要素。布置室外环境要创造意境，抒发情趣，满足审美观赏的要求。

老式的传统民居的外围常有空廊、平台、长凳、花草和围墙，有可供人们休息的边角余地，从而感到亲切。这样的房角屋边富有生气，人们愿意停留，并感到与外围环境相联系。房角屋边是建筑内外之间的地段，建造一些有深度，有顶盖的活动地点，以摆

北京故宫皇帝寝室的陈设

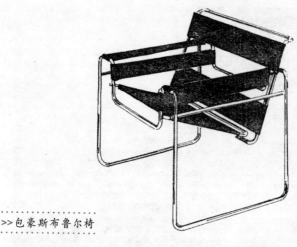

>>包豪斯布鲁尔椅

>>巴赛龙那椅

设供人们休息的座椅，从这些座位点上可以观看户外的活动，增加与外界的联系。现代建筑常常忽略了它的房角屋边的外部处理，使人感到冷酷无情。不要只看人的脸面，还要关注脚上的鞋袜的美，不要只看建筑的入口门面，还要关注它的房角屋边。

传播信息与交往的街道空间

一、读解街道
Reading the Street

　　街道是城市结构的主脉,也是城市景观的中枢,人们对城市的印象,经常是通过城市街道获得的。有意识地将文化因素注入到街道步行环境之中,是成功街道步行环境设计的一个重要前题。

　　思念一座城市首先涌入人们心头的是它的街道,主张大城市集中主义者,其诱人的观点即在于有繁华的大街,城市吸引了旅游者之光顾,也由于它有热闹非凡的街道。因此我们读解一座城市首先要看看它的街道的来龙去脉。

1.街道空间的演变Changing of Street Spaces

　　古代的"坊"和"市"都围以围墙呈内向空间,坊是宽阔大道供马车行驶,坊内十字街供人步行,形成两套交通系统。唐代商业街兴起,"市"内沿街的住宅、店铺、茶肆,形成繁华的商业街,使城市中的建筑由内向改为面向街道的外向。现代交通的发展,快速交通打破了传统街道的静态和谐的空间关系,现代街道设计"以车为本"。汽车使街道及建筑物体量加

∧∧香港闹市区

▲▲ 现代交通打破了传统街道的静态和谐

大,细部处理丧失,建筑由单体轮廓走向群体轮廓,
街道设施尺度变大。然而街道是衡量城市空间特色
的标准,传统街道会给外地人一种异乡情调和传奇
色彩,街道能反映出城市空间形态和生活在其中的
人的品格。后现代设计的"以人为本",显示了高度重
视与高度破坏中的矛盾,应该认真思索一下传统街
道与现代街道之间的协调与统一。

集权主义政治影响下的城市街道成为秩序与展
示权威性的象征,把街道规划得宽大、整齐而严肃,
作为欢庆节典、游行、检阅队伍、展现权威场面的大
舞台。对于传统意义的街道交往与充满生活和谐与
友情的人性空间来说,这是城市病态的悲哀。"墨索
里尼的阳台"成为今日对街道风格具有嘲讽意义的
形容词。

2. 街道场所精神的改变 Changing of Street Places

　　20世纪30、40年代的街道以方格网街区的形式出现,改变了欧洲传统曲线形小尺度街巷的形式,战后的街区的形态改变了吗?从战后新建的许多城市边缘新区以及郊区新建的城市中心区的景观来看,确实产生了许多新型的街区布局模式。但终究我们可以得出结论,街道的意象是沿街边的地产划分而得出的外部表现。芝加哥的玛利纳城是现代化的综合性街区空间,集公寓、文化、娱乐、商业于一体,并且在建筑自身组织了水上、停车等交通系统,改变了传统街区的概念。

∧∧香港的空中步道

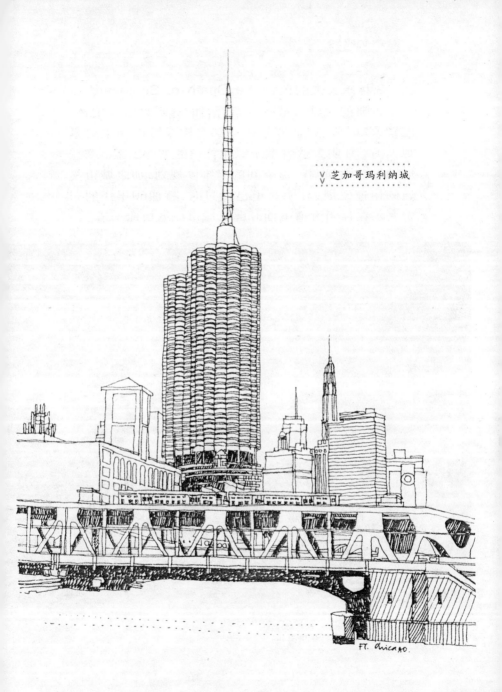

芝加哥玛利纳城

FT. Chicago.

3.林阴大道的灭亡The Death of Boulevard

　　古典的大城市都有一条著名的林阴大道，柏林、巴黎、莫斯科、布鲁塞尔……都有构成城市的主要景观大街。林阴大道着重于绿化种植的平面图案。摩登运动思潮则强调街道空间的三维度规划，加之城市交通的快速发展，林阴大道已然过时，就像60年代的布鲁塞尔在林阴大道下面开辟了城市地下快速干道。

平台花园，立体的林阴大道

4.江南水乡的情感变化Changing of Feeling in South Water County China

　　古时江南是隐居的好地方,主人不问朝政,寄情于山水之中,工于琴棋书画,有闲逸的情感,有闲逸的空间。如今江南的情感底蕴已经改变了味道,小桥上的人挤得水泄不通,沿街商铺叫卖声不绝于耳。经济的发展使人们的追求起了变化,不再甘于寂寞,寻求致富之路,商业成了水乡新的情感主题,气氛全然

一九九〇年冬拾绍兴
柯桥 卢东升画

△△绍兴柯桥(速写) 卢东升

不同。古时河边的交流空间被引入了狭小的店铺之内。在设计中关注人们的情感和价值取向是必须的,环境设计离不开人,离不开人的情感,要顺应历史的潮流,制作出人们真正需要的空间。

枕水人家,家家有石级,码头通舟,老屋颇多,水光与倒影。桥是水乡一大街景,两侧封火山墙突出瓦顶之上,跨水而筑的房屋阁楼似水穿深宅,两岸成一家。戏台常设于步行街的闹市口或村口,社戏的演出颇具水乡田园生活之乐,此情此景还能再生吗?

^^ 水乡城市苏州

二、街道的景观
The Visualisation of the Street

1.充满异域风情的沿街立面

　　街道两侧的建筑是街道主体和街道空间的侧界面,沿街的建筑凝固了城市的历史、文化和价值,成为某个区域甚至整个城市的特征。接近人的尺度的建筑立面,应设计得精致细腻,有耐视性、醒目性,并易于记忆,使人容易接近和驻足。

　　新加坡的旧城市改建,把市井民情作为沿街的重点,成为新加坡城市街道景观的一大特色。因而在2000年汉诺威世界博览会上的新加坡展厅,把新加坡的沿街特色骑楼商店作为展览厅的入口标志。

北非的乡村街道

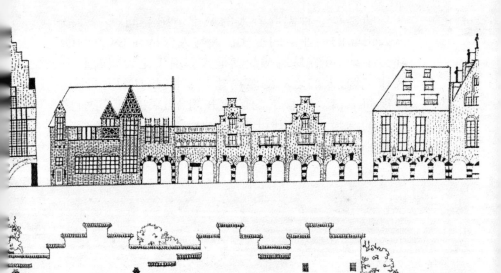

　　成都地区的新都市，由外商投资兴建了一条菲律宾风情商业街，与当地风格迥异，给城市中注入了一段异域风情。

　　天津有著名的古文化街，仿清式的店铺，围绕着天后宫娘娘庙向两边延伸，北京和平门外也有一条仿古的商业街。

2.在骑楼沿廊中漫步

　　泉州的骑楼商业街是泉州历史文化名城的精华部分，在骑楼中漫步，遮阳蔽日，风雨无阻，一边是商店，一边是车水马龙的街道，就像是有顶的长廊。台北旧市区的迪化街，步入其中如同进入了长无尽头的大商市。

骑楼是一种温馨宜人的城市情感空间，一种极富人情味的商业空间形式。人与人保持在3米以内的社交距离，可容易地感受到他人。现代化大型商业街区和广场，人们之间的距离达3.75米，都是匆匆过客，冷漠而无情。骑楼下的店面开间在6米以内，可加深感受的深度，人们既可看到整体，又可以看到细节，从而心情愉快的体验周围环境。巨大的现代商业区

∧∧2000年汉诺威世界博览会
新加坡馆前的骑楼商店

空旷的空间难免使人感到空洞无情，骑楼的步行空间最贴近建筑，行人可欣赏两侧景致。而在孤立的开放空间中的行走路线常常既看不见商店的细节，也无法有开阔景观的感受。骑楼还可提供不同空间的平缓过渡，拥有既非私密又非完全公共的柔性边界，人的生理和心理都更加轻松自在。

3.新潮商业步行街

这些年来许多旧城市把原来的商业街改造成商业步行街，成为城市建设形象工程的热点。北京改建了王府井大街，上海南京路、天津的和平路和滨江道，虽然都大同小异，但在局部风格上各有特色。北京王府井尺度过大，有交通道路的感觉。上海南京路假花假树、广告陈设多而俗，缺少精彩的独创性设计。天津的和平路和滨江道最具商业气氛，人气最旺盛,尺度合宜。商业步行街应以14米宽道路为宜,街上原有的树木均被砍掉,实在可惜。哈尔滨的中央大街的改造比较成功,可喜的是采用了原来马车时代的块石铺路,表现了地面铺装的文脉特色,效果突出。

∧∧ 澳大利亚阿德莱德早期
  的商业步行街

步行的王国

4.出奇致胜的店面设计

奥地利建筑师汉斯·霍莱因(Has Hollein)1964~1965年设计的维也纳蜡烛商店闻名于世,T字形的店门,明亮的小橱窗,令人惊奇又引人猜想,给人留下了永恒的印象,10年之后成为后现代主义的经典之作。

澳大利亚墨尔本街面上精彩的店面,白色的两开间小店立在楼房的夹缝之中,别具情趣。店面设计贵在巧妙,夸大的虚张声势,其效果会适得其反。

>> 维也纳蜡烛商店
1964~1965,汉斯
霍莱因设计

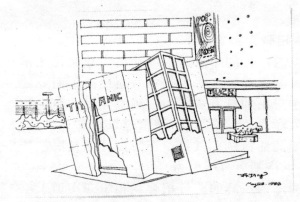

<< 柏林街头小商店

<< 慕尼黑某服装店

引自龙永龄"商业建筑"插图

5.广告招牌大赛

　　大街上的广告的布置艺术反映出当地文化艺术水准和人民的素养，广告的视觉效应比沿街商业建筑的造型本身更加具有吸引力。耀眼夺目的商标招牌竞相引人注目，招牌设计可使街道景观富有风趣，创造特殊的商业情调和气氛。招牌设计如具民族传统、地方性风格则更具吸引力。

　　香港湾仔铜锣湾的广告招牌竞相争夺街道上空的地位，形成了广告招牌大赛的场面，人们沿街垂直观看广告比平行于街面的观看广告的时间要长得多。因此沿街的广告无不竞相争夺街道上空有限的

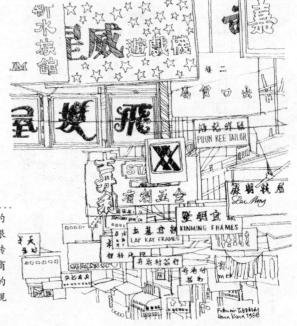

>> 香港是生气勃勃的现代城市，可惜很快的丧失了中国传统的城市景观，商标招牌成了最好的保存传统文化景观的妙计。

位置,形成街道上面广告的顶棚,汽车行进中沿街灯杆上的广告效果更好。

厦门鼓浪屿原是一个美丽的小岛,为使广告能在厦门隔海相望,沿厦门方向竖立着巨大的广告牌,把小岛遮住,就像是海上的一排广告牌,破坏了自然景观。有的城市把高速公路旁巨大尺度的广告牌立到了城市中心区,使城市空间杂乱无章。更有甚者把政治内容的巨大宣传牌立在居民楼前面,挡住了住户的阳光和视线,可谁也不敢冒犯政治,使居民有苦难言。

东北地区沿公路旁的小餐馆门外竖立着传统特色的幌子,木头杆子上悬挂着纸穗做的红色灯笼状的幌子，一个、二个或三个。根据餐饮店的规模大小自行判断，三个的店铺最大，一个的店铺最小，这是传统的最具地方特色的广告招牌。

6.五颜六色的涂料世界

现代涂料改变了过去街道上混凝土灰色的建筑面目，人有喜好色彩的心理，对和谐的追求，包括色调、构成色素等级的要素等等，色彩的运用是沿街景观的重要手法。

>> 华盛顿街头停车场普普艺术壁画

<<纽约平板山墙
上的立体壁画

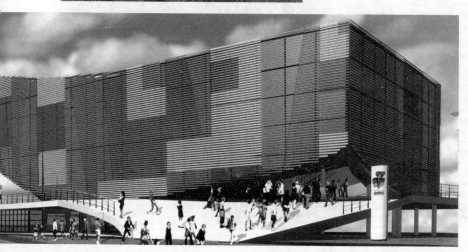

∧∧2000 年汉诺威世界博览会韩国馆

7.街道底景的装饰物

底景是自古以来建筑家创造景观最常用的手法，在城市改建中要保护那些历史性的底景。然而也有许多城市原来的轴线和底景已经被淹没和消失了，或者被忽略被破坏了，如哈尔滨的喇嘛台，天津的马可·波罗纪念碑，北京西单的双塔等等，非常可惜。有些街道小巷的底景装饰物也非常有趣，如新疆吐鲁番居民区的传统街道小巷的景观，土墙上茂密的绿叶在光影和质感的交替中，优美而和谐。

<< 罗马街头

∧∧ 纽约华尔街底景

8.街上的门洞、门楼和门面

由16条大道交汇于一处的巴黎凯旋门是个巨大的门洞，形成16条大街的视线焦点，门洞正对着巴黎主轴香榭里舍大街。四川的新都市虽然是个小城，中轴主街上也建了一处颇具地域风格的大门洞。

门楼多设在街道的入口之处，以中国传统的牌楼形式居多，国外的唐人街的入口多以中国式的牌楼为标示。中国式牌楼色彩鲜艳，造型优美，装饰丰富，延续至今仍为街道上优美的门楼。

街上的建筑门面指建筑的入口，街道两旁的入口极具观赏性，手法各异。千奇百怪的门面只有摆在大街上才不会显得杂乱，反而会增加街上的情趣，商业气氛、热闹的休闲气氛需要这些不搭调的门面。

∧∧墨尔本大街上的门洞

^^ 中国式牌坊

9.街道家具

　　街上的陈设小品,座椅、照明、公厕、垃圾箱、电话亭、书报亭、指示牌、铺面和绿化等等,我们都可称之为街道家具,这些也是构成街道环境气氛的主要陈设。环境科学的发展使人们更加注重街道家具的整体成效,它们的形式、内涵与环境的协调关系,别具一格,造型新颖的街道家具深受大众的喜爱。

　　澳大利亚墨尔本大街上的街道设施小品都经过统一的规划设计,材料造型和色彩十分统一,有整体

布局上难得的统一效果，当前街道小品的布置多数
情况是分别设计的，缺乏统一性，是致命的弱点。

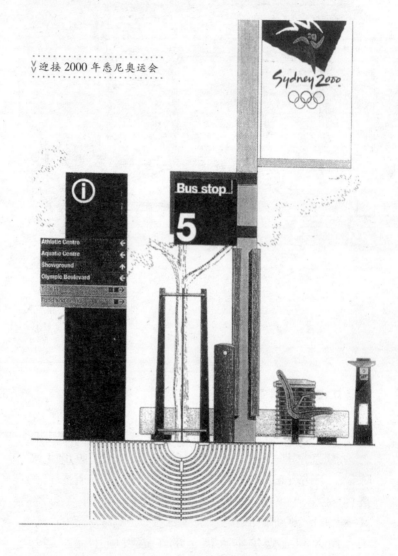

迎接 2000 年悉尼奥运会

第四章 传播信息与交往的街道空间 / 129

10.一个房子一个样的居住小区

德国波茨坦居住区规划（Kirshteigfeld）颇具新意，这是一处占地60公顷，2500套住宅容5670人居民的新区。用地东北有前东德时期留下的大板住宅，最终由R.克里尔城市类型学的理想而实施。其认为城市是包容生活的容器，为其内在的复合交错功能服务，土地混合利用和中央广场的聚集作用都能促进社区精神的生成与居民相互的交往，以及人们对社区的认同感,强调可识别性元素。有很多建筑师参加

∧∧ 长崎荷兰村——威廉镇

了住宅设计,并标示出作者的姓名,几乎是一个单元一个样。采用完整的色调景观色彩,包括建筑和地面铺装,功能相同的建筑采用同一色系的颜色。色彩使居民区充满了勃勃的生机,充满活力,既五花八门又完整统一。

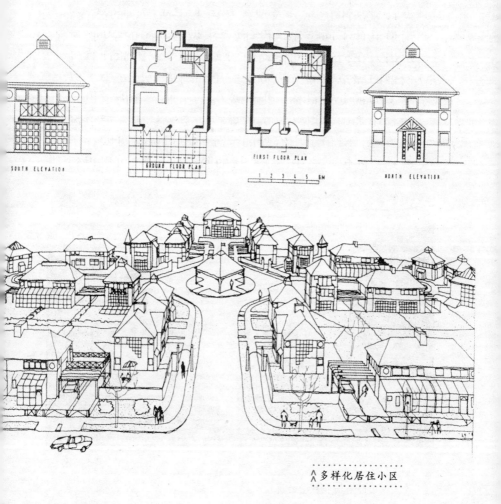

SOUTH ELEVATION

GROUND FLOOR PLAN

FIRST FLOOR PLAN

1 2 3 4 5 6M

NORTH ELEVATION

多样化居住小区

11.街道建筑学

街道建筑学The Architecture of Street备受关注,大街设计已成为当今流行时尚中的主要项目,为政府和居民所关注,一条街规划风靡全国。传统的城市设计方法不能充分表现人在街上生活活动的感受,街道设计不同于建筑设计,要求做出动感的空间,显示出人在街道空间活动中的实际感受,因此计算机模型的虚拟空间方法首先应用到街道设计之中。以动态的视觉为目标,把计算机工作加入到街道设计的程序之中,以计算机的虚拟动态视景研究街道设计方案,对街道中有趣的部分的虚拟资料可贮存于视觉空间模型之中。新一代的网络使用者,可以得到

∧∧ 天津国际商场和教堂的拼贴

更多的多方位视觉参考，对街道设计的未来是个挑
战。伦敦西区的圣马丁大街St. Martin's Lane，是备
受喜爱的街道，它有综合性的使用功能，包括许多娱
乐性建筑，跨越了多个年代的建筑的样式与风格，提
供了当地的地域性面貌特征，后面为旅游者向往的
Trafalgar广场提供了像舞台式的景观效果。

三、街道的社会属性
The Social Indentities of Street

1.街上的生活

西方世界和许多贫困地区城市的无家可归者流浪在街上生活,他们的健康与人性尊严由谁来负责?街道生活的社会意象成了残酷的生活竞争的空间。城市的街上生活有欢快的夜晚,有色情的剧场,有电影化的神话境界景观,电影把人性歪曲歇斯底里化,英雄、傻瓜、魔鬼,充满神话与幻想的碎片。你在街上会被别人凝视,你又凝视着来来往往各种款式的豪华汽车,奇妙的街道有奇妙的生活叙述。

日本东京都原宿的井之头大道,是段长500米的地段,貌不惊人,只是东面代代木体育竞技馆具有独特的形象和巨大的体量,这段路面通常车川流不息,每周五的正午开始,巡警骑着大摩托,中断这段路的交通。等候在大道两侧的青年们迫不及待地拥入这条宽约二十五米的行车道中,安排乐器或道具,尽情地表演起来。东段多为技术高超的溜旱冰、滑板者占领。中段经常是流行歌手的演唱,自备发电机,还有大鼓队、话剧表演。精彩的霹雳舞,黑人小孩以头支点,倒立旋转,令人叫绝。往北是几个舞蹈圈,此外有些人不定期地表演自己的绝活,演出免费,观众来去自由。原宿情境作为东京都城市空间中的一个特殊人文景观,吸引了不少外国人,深深影响着整个城市的风情面貌。

<<香港街上的演出

<<荷兰阿姆斯特丹
　大街

2.性感的街道展示

19世纪早期的街道就有了性别的属性，城镇中某些地区是男人的领地，现代西方的大都市自发的形成了有管制的"红灯区"，充满色情的招牌广告，招揽男性的游逛者。在街上展示性感方面，东方城市和西方略有不同，而东方城市则引借西方的性感广告，用金发碧眼的洋人招揽游客。

▲▲斯图加特的时装商店

3.殖民地城市残缺的街区社会空间

　　世界上有大量的殖民地城市，这些城市的形成与发展大多由于工业资本主义的入侵，必然形成残缺的社会空间。以街道为中心演化成社会空间的三点关系，街道成为殖民地城市的中心。家、工作地点、社会法制为三点都围绕着街道。就像过去典型的租界城市天津，英租界的维多利亚大街，德租界的威廉

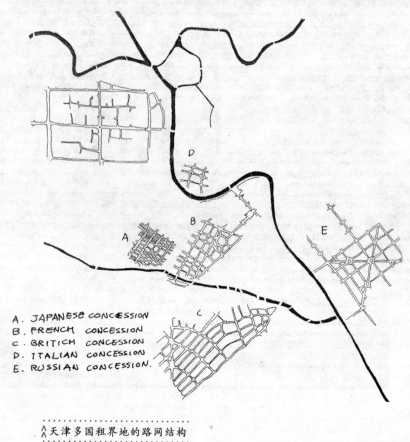

A. JAPANESE CONCESSION
B. FRENCH CONCESSION
C. BRITICH CONCESSION
D. ITALIAN CONCESSION
E. RUSSIAN CONCESSION.

天津多国租界地的路网结构

<< 天津解放路
俄华银行

街，日本租界的旭街，无不以街道为社会空间的核心。过去大量的社会问题都表现在街道上，旧社会街上有残疾的乞丐，叫卖的可怜的老人和儿童，社会生活条件恶劣的层面都在残缺的街区空间中表现出来。

4.知识性的街道

在街道上很容易看到人的实践行为的再现，街道上能看到人在社会中的礼貌与仪表，许多知识与教养的程度的概念在街上具体化了。仪表和装束是街道整体社会属性的重要部分。台北市的衡阳路是一条书店大街，是少有的充满知识的街道，它的宽广不是街面的尺寸，而是无限宽广的知识领域。街道给人的知识意象只是一个启示，留住的大半尚需你再去查询，这就是知识性街道实践再表现的意义。在知识性的街道上不会发生有人把募捐箱当成垃圾箱那样使用。

老北京书市

5.像家一样的街道

高级的街道和广场两者在城市中的地位是空间的竞争，作为街道的社会性空间要表现社会的政治性，广场也要表现社会的政治性。在这种竞争之中，高级街道逐渐由政治性转向家庭化，它和以商业为中心的Mall超市广场不一样。在大街上有家庭生活必须的普遍性食品和产品，成为市民化的街道(The Civilised Street)，可以自我放松有家庭情趣的街道，自由自在的街道,这种街道就像家一样温暖和谐。

∧∧陇东西峰小镇街道

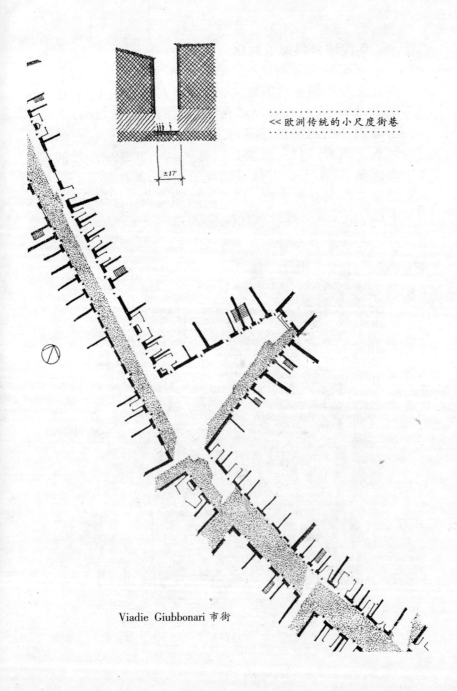

<< 欧洲传统的小尺度街巷

±17'

Viadie Giubbonari 市街

6.传统乡村街道文化

在街道文化西化的进程中，不要忘记传统的令人怀念的中国乡村街道文化。在乡村的小街上，有在街上做饭的，也有农民蹲在家门前的街边吃饭的；街上有积肥的和家禽，摇摇晃晃的白鹅能够看家，有时墙头上趴着一只大肥猫，时有牛群羊群穿过石板的街面集市；街上也有玩耍嬉戏的孩童，夜晚街上还会汇集人群观看皮影戏。西方式的街道传入中国，融入中国文化，使街道景观有所调整。

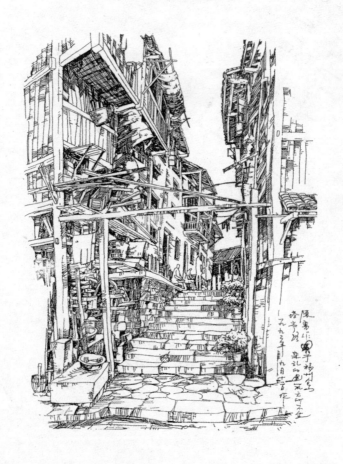

 天津古文化街

7.街道是值得深思的政治竞争空间

　　有的街道上你会经常看到装模作样的巡逻队，有的街道上你会看到殴打和骂街，凡是街上到处都是警察的地方，那里常是警察追小偷的场所。有的街道到处都是无情的罚款，各种恶语伤人的禁止与处罚的牌示，说明地方性政府统治的不安定。集权主义政治影响下，街道会成为展示权威的象征，如墨索里尼的阳台。

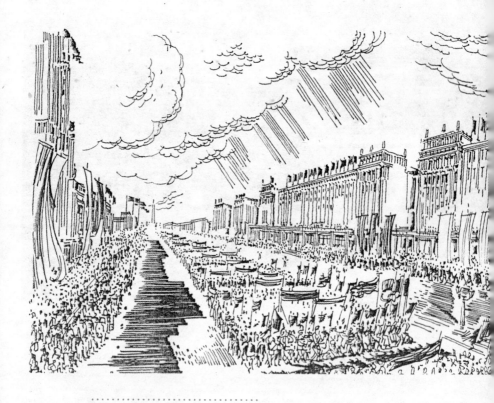

△△△集权主义政治影响下的城市街道

∧∧ 华盛顿的观礼群众

8.街道景观与城市的复兴

　　城市的复兴要靠控制大街空间的能力和手段，搬走和改造那些占据大街寸土寸金土地的像城堡似的建筑，拆除沉闷冗长的围墙。在热闹大街上迁入大学，开辟绿地，为城市再发展创造宜人的街道空间。

　　欧洲的历史性城市风情的和谐的有机组合与美国那些紧密又疏离的街道空间相比，都是人为的环境，却走向相反的设计意向，我们需要做出选择，找回城市失落的空间。

>> 衰退的公共空间

德国亚琛的路面改造规划

9.放眼向上看的街道

在城市公共空间设置TV监视系统是为政治的"法律和秩序"，是防止犯罪行为的手段。城市中心区上空的TV监视系统对大众的感觉和感情是否良好？从社会财富私有化到社会环境的净化，是城市公共空间的经济与政治的重建过程。当初泰安市沿街的

∧∧挂满广告牌的香港铜锣湾

防范围墙在一天之内被强行拆除了，扩大了公共空间，增加了大街的亲密与和谐气氛，当时为避免拆墙后发生意外，还加强了巡逻的警力。但拆除围墙之后，不但没有发生对院内公物的破坏，反而加强了公众自觉的秩序，这是从强制到自觉的净化的过程。

高大的建筑构成城市中视线的焦点，例如墨尔本的Rialto塔楼，在城市中心区的东南角，成为最有效的城市标志性景观。意大利的佛罗伦萨大教堂的拱顶，以其巨大的结构尺度构成城市中心区不可忘怀的向上看的景观焦点。

10.夜晚逛大街

　　大都市街道上黑暗的夜晚仍应有生产与消费的活动,应有繁华的夜市。灯光通明的夜生活,有文化拥塞的街上艺术展示,夜晚的街道不应是黑暗无纪律的场所。

∧∧巴黎香榭里大街夜景
∧∧

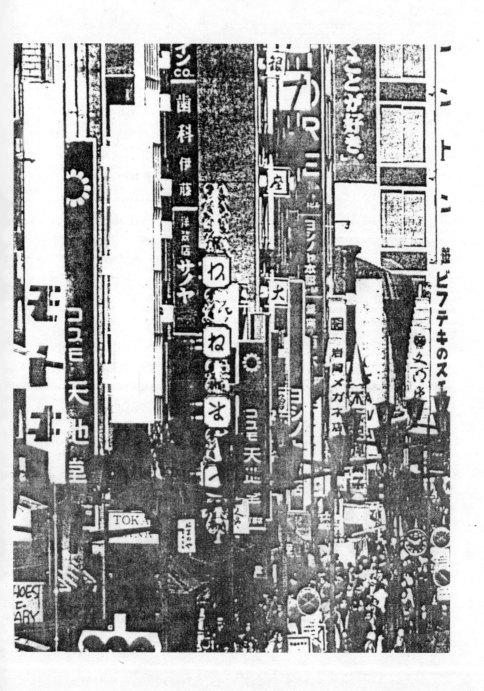

四、街道秩序的拼贴
Collage of Street Order

1.街道环境中的秩序

秩序不仅存在于视觉审美表层，它根植于人们的行为场所中，支配着人的行为心理。有时在有条理的情况下，漫步在街道上，有时又会采用预先细心安排好的先后秩序。比如参加公益活动由街道步入会堂或剧场的前厅、走到讲台，甚或参加游行、庆典，在有秩序的宽阔大道上行进。人们对街道的体验，如同经历一系列展现出来的形形色色的场所、场合。街上的每一物件，对人在行进中的时空序列，都提供一种特定的经验图式，导致对形体环境中连续的秩序的认知。人类知觉要求他们生活的环境是有规则的，有秩序的，反之，人们感受现代商品社会中某些未经规划的城市街道形体环境，是很累人的。

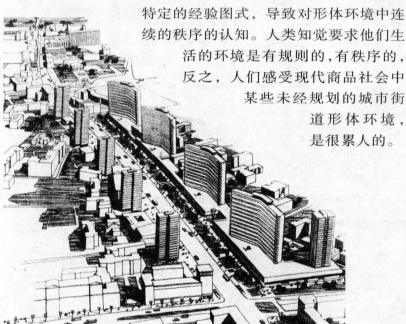

▲▲ 纽约街景

2.秩序的两面,整体与复杂

在街道形体环境中，整体性是各个体局部图式之间连接的模式，也是人的认知达到动态平衡时的状态。街道整体最终的特征是人性，事物越是人性化，越是充满感情。作为人的行为场所，街道形体环境在了解各要素的特点之后，设计者要组织一个整体秩序，各个局部只有在一个整体脉络上才能使人更易理解。因此要达到"全域印象"的理想，即从整体到局部，越是统一，越少分离，它们才具有个性，并最为形象。秩序的整体性真正升华的时刻，就是个体真正与街道整体环境融为一体的时刻。

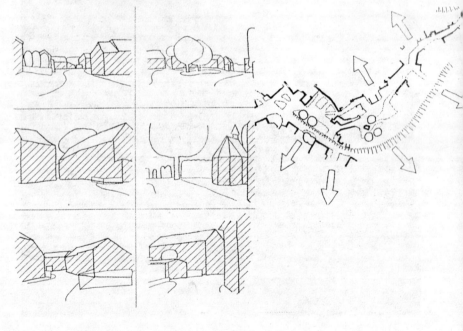

街道的拼贴达到"全域印象"的理想

　　整体不等于简单，在复杂的社会中，需要掌握许多相互关系。在整体的外壳下有着丰富的层次，秩序存在于各种不同层次的复杂性之中，在有秩序的复杂性中，人们更多的注意到细节和特点，也会产生许多令人愉快的优势，如商业效果和景观效果的双丰收，"多样悦人"就是这种知觉的描述。多层次的秩序会使我们感受到图案变化无穷和丰富多彩。

3.读解中国传统街道的秩序

街道对于中国人来说不止于交通功能，"走街串巷"、"逛街"、"街头巷尾"、"街市" 等等词汇即能证明。一旦成为街，就有别于路，马路是马走的，街是人走的，步行街、商业街、食品街、风情街、服装街、银行街、菜市口、骡马市、锣鼓巷，说明街道空间的巨大生命力，街道成为中国人的情感交流空间。

- 街道的形态

由于街道是城市的中心灵魂，更是城市街区的舞台空间，回归街道生活，解析街道形体环境的依据，不能背离生活和时代，才能获得传统的延续，人性的再现。城市形态学源于人们对城市有机生长的认识，是构成城市发展变化的空间形式特征的描述。运用形态——类型的分析、描述、方法，就有可能把街道形体环境秩序塑造当做一门知识理解掌握，避免凭直觉所产生的局限性与失实地追随某种时髦和变幻不定的风格。

- 人的共性空间、小宇宙

当人们身处中国传统街坊里弄中，会感到酷似天人合一、万物皆备的宇宙。人始终与他最熟悉的房屋、门幌、邻里、故事、语言、行为、阳光、声响、方向、神祇等等紧密地亲近着，保持着近在咫尺的关系。传统中小城镇的居住里弄，大多有一种很富于感染力的家庭气氛。宋画《清明上河图》、清画《文姬归汉图》所显示的街市景观，皖南的街巷、市集。其整体环境的统一，其环境的家庭气息，是以每个单元相似的雷同的打扮来换取的，甚至功能也是近似的，居住性、商业性并行不悖。如此一种简洁而略带单调的总秩序，却为其中的人们提供了一个起居、买卖、来往的综合环境。当一条巷弄、一条市街本身被作为群体来观照时，古典的环境组织所表现出的手法之成熟、语汇之丰富、气氛之浓厚，实在无与伦比。

● 故事的中心

传统的中国人在使用街道环境时，通常比西方人更重视环境中所包含的象征及其文化意义。街道空间往往被赋予浓重的伦理、宗教或历史的含义。"名人故里"在市入口的牌坊上记表着"礼仪之乡"，一间不起眼的门楣上装裱着高贵的题匾。街道是传统情境中记忆、传达、形成村镇整体意向的载体，街道的内蕴就是故事。诸如街上的朝香拜佛，凭吊古人，祭奠祖先等，缺少了它，中国人就会觉得看到的东西没有了讲头。传统的街道是以多义性为其特征的，有人群的地方总是要有故事发生的，中国人敏感地抓住它们，通过各种符号手段记录下来。经久不息的原因是群体的共同维护和巩固，一则故事，几则故事，作为街道的发展脉络和主题，浓缩和积淀着中国传统街道环境秩序的深层含义。

● 主从的串联序列

传统街道环境中主题与背景的排列不仅是串联的，时间与空间因子的结合是有层次有秩序的。秩序中的主题常被安置在整个流线后一半中的"风水宝地"。背景因子则罗列在主要单元之前，有发展地将人们引导到高潮，形成了起、承、转、合的秩序结构。皖南屯溪老街，天津估衣街，苏州观前街，西安鼓楼街……同构异形。

● 功能综合并置

从功能上区分传统街道，存在两种秩序形态，一是"街巷"，一是"街市"。街巷由住宅和少量公共建筑夹峙，中间留出通道，以封闭式院墙或房墙分割空间区域，墙内私有，墙外公用，其功能侧重于交通，具有很强的前行导向性。街市由商业店面簇拥而成，底层店面半开敞或全开敞，店空间由内而外的延伸，无论店内交易或沿街买卖，都有滞留行人的作用而迟缓交通，台北的迪化街是最典型的例子。

街市与街巷的共同特征都表现为功能上的延续性，居住、商业、祭祀性、公共娱乐性的连续等等。单独的茶楼、杂货铺，面貌不同的个体都设置在道桥结点上，结合街巷端尾交汇点组合，成为路人互相招呼、短暂停留的场所。

综合性特征街巷和街市各有不同，街巷除主要的交通功能外，还从其流动性吸引着人们的好奇心，满足人们群体心态，弥补家居的不足。习惯内室的门开在当街上，在街巷中聊天、品茶、吃饭、洗衣、生火炉，"安全、交往、同化孩子"。街市的综合性有两方面，一是行业的综合，北京前门大栅栏商业区是线面综合的典型，上海豫园商业区是名副其实的街市网。一条街面上，商业、服务业、修理业、饮食业、旅馆客栈协调发展，还包括一些文娱、戏院、书场、茶园等等。二是街市与庙会结合，城隍庙、关帝庙、娘娘庙、土地庙、药王庙等等。中国的庙会与日本的"门前街"和伊斯兰的中心市街相似，都是传统商业街市的点睛之笔，充当着城镇中的一个特殊功能区。

● 两种尺度的互锁

市的尺度型制，北宋开封街市宽度大约在二十米左右，以后商市的宽度总的趋势由宽到窄，由开敞到封闭。中小城镇的传统商业街更为狭窄，高淳县淳溪古街宽仅4~6米,泾县章渡的古街仅3米宽,沿街建筑大部1~2层,街道宽度与建筑高度之比为0.8~1.2米居多。感觉是狭窄、亲切、方便,甚至可促成商业活动,将人与人之间压缩到"亲近的范围",充分显示出小店铺空间上的优点,人们于不经意间已走进了店门。

巷的尺度是密如蛛网的居住街巷,愈近愈高,则其封闭性越强,两边的墙靠得比街市更近,宽约3~4米,窄的2米左右。裂缝般的小巷也不鲜见,台湾鹿港一小巷称"摸乳巷"。一般其侧界面的距离与高度之比在0.5~0.7米之间,再加上小巷曲折辗转,便形成了视觉上的袋状封闭区,制造了邻里的起居室。

市和巷两种尺度形成了很好的大小空间及情趣的对比,里弄点染了城镇的细部。商业街市则勾画了城镇的轮廓,它们共同决定了城镇的外观和尺度。

- 边界连续

虽然街道的形态是连续不断的,但仍能感受到起、承、转、合的序列对街道形态重重的分隔,以及对视线的隔断和阻碍。街道的交叉形成结点、起始点,分隔着街道内部与外部,左右着行走者的出和入。起始点多具有地标的意义,村口就是有特色的起点,巷口也有设立土地神楼或门洞的。牌坊是传统街道普遍的分隔形态,进入坊门就另有一片天地之感。

街道的交汇点使道路连接、转折,给人以方向。交汇点是两个、三个……多个分隔面的结合体,既有封闭的内向性,又以曲面、折线、标志等提供外向的方向感。由于交汇点的特殊空间性质和独立地位,如果尺度扩大还可成为各种各样的次结构中心,成为各条街道的终点和底景,成为生产中心、祭祀中心、交往中心等等。

不可见边界是街道内的弹性分隔，这种分隔只存在于街道内部各个功能单元之间，象征性的划分，达到某种视线上的阻断。传统街道内的户群与户群之间的部分是人们心理上的门槛。一棵突出的老树、空地，一块升起的井台，甚至街巷的弯曲和坡度也同样模拟着不可见的边界。

　　动态边界是街道的室内外合作，廊是一种有效的办法。人在其中流动又有遮阴和蔽护，模糊了室内外的界限。停留、闲坐、依靠、交谈，触发偶然的故事，

>> 中国江南村镇

▲▲▲ 新疆喀什市街

廊的另一种模式即沿街的骑楼。另一种完成室内外
合作的办法是街道建筑的店面，作坊，庭院，大门等
向街面的开敞，室内的人们可以看看外面世界的流
动，参与街道生活，满足人看人的天性。

　　无论街巷中的"家族门面"，还是店街中的店宅
门面，都含有大量的垂直和平行的线条，立面很少有
强烈的起伏，背景以其简单模糊差别统合着整体秩
序。但背景中又有跳跃的重点，如招牌、幌子，形式多
样，色彩明快醒目，往往高悬于店门前，随风飘扬，惹
人注目，以形象活跃空间，造成琳琅满目的商业气
氛。中药铺的膏药幌子，油铺的铜钱幌子，油漆店的
五彩漆幌子等等。门幌确如一股无形的力量，将店铺
推到众多"亲族"之前，招徕宾客。

4.拼贴的秩序形态

拼贴是一种随机组织异质性物质与形式的概念与技法，由毕加索在20世纪初首先创造出来。Colin Rowe和Fred Koetter曾在70年代提出"拼贴的城市"(Collage City)概念，正式将"拼贴"引用到城市设计。广义地理解，街道形体环境处于新、旧的多重矛盾之中，其形态表现为一种渐进的修修补补，在零散的各自发展情况之下，无可避免，随时是在进行不自觉的拼贴活动。拼贴若像Rowe所设想，成为有意识的规划概念和手法，街道会被一种新的秩序境界将原有的形体环境带入另一个具有新精神并富有生机的整体形态之中。

● 拼贴可使秩序重建，对社会及街道形体环境的干扰减至最低程度，使用者甚至会推进这种转变。

● 拼贴可使秩序开放，富有弹性修正的余地。

● 拼贴可使秩序具有类型的延续性，使街道形体环境具有"类似性"的记忆特征，因此拼贴是传统与现代两全其美的传统手法。

在文化心理层面的拼贴，街道要恢复其共性空间的意义，以形体环境"容纳和象征"群体活动。在组织机构层面拼贴成统合而完整的主从序列，明显与含蓄共存，全域与局部并轨，各个段落协同、调配、起伏的秩序形态全面渗透。在物质形态层面，拼贴无所不在，秩序的各种物质形态可以出现在一条街道的形体环境中，也可以成为一条街道的不同秩序段落。

历史形式也好，传统形式也好，若反映街道形体环境秩序的历史变迁情形，便可以避免肤浅的模仿与重复。现代文化是以各种不同欣赏层次、趣味为基

础的个性化、多元化的文化。它的商业性刺激着形式的叠加,顺其自然,秩序以它的拼贴方式调适着整个街道形体环境的持续发展。其重要准则包括:

（1）保持街道壁面的延续性。

（2）尊重现有的建筑物及图景特性。

（3）避免出现大型的建筑体量。

（4）调和、正确地使用材料。

（5）尊重现有的立面韵律及空间元素。

（6）强化公共空间使用模式。

△△ 旧金山的拼贴形态

第五章

友善与亲密的城市
中心区和广场

一、公共空间中的公共生活
Public Space Public Life

我们观察到许多城市中心区的发展多是由拉长的街道转向聚心的发展，由一层皮式的商业转向公众聚集的核心空间。由第一条商业步行街发展为条条步行街组合的公共生活的中心地区，步行街逐渐的连接起来。大城市的中心公共空间就是由城市广场和步行街共同构成的。城市的公共中心要尽可能的通达水面或公共园林绿地，在发展城市公共中心的同时要发展通顺的车行路和停车场地。城市中心广场要和城市中原有的充满友情与传统风格的小街小巷相衔接。众多的城市小型广场就在城市中心区的外围星罗棋布，同时还要关注城市中心区的小气候环境。

公共空间的夜景更吸引人，一长排的商店橱窗使街道充满友善，如果夜晚所有的店铺都关闭了，中心区则变得黑暗而烦躁，像个恐怖的隧道。

城市中心区构成的尺度要适合人的亲切感，小型的尺度单元组合会让人们愿意逗留，并且要在沿街或路边设置较多的门洞，避免平板一块或甬长的围墙。大尺度的公共空间而没有适合人的尺度的门洞就会显得单调而呆板，缺乏视觉的多样性，在功能上也过于封闭，如果公共空间中缺少细部和装饰，也无趣味性。

居民生活区应该伴随在城市中心区之内，这样城市景观才有生气，并且多样化。当地的居民在公共中心欢庆他们的节日，西方的狂欢节（Carnival），美国的哈罗温鬼节，燃放鞭炮，举行各种民俗活动。城市就像一座不正规的舞台，街上的音乐演奏、杂耍、下棋、滑板游戏、围观的人群都在尽兴表演。西方有的城市的农民抗义示威把牛群也赶到大街上去了，城市中心区就像是重大事件和节日的表演舞台，夜间的文化体育活动，爵士音乐节更是热闹非凡。

城市中心区的学生们也给城市增添特色，有许多著名的大学布局在市中心区，如墨尔本的皇家理工学院，纽约大学，亚琛工业大学等等，放假期间，少了背着书包过往的学生，城市中心区就像是少了什么。城市中心区的各种活动与事件是人民群众重要的公共生活，要把公共空间当做文化活动的讲坛，社会咨询与交流的场所。学生们可以在市中心区实习或宣传他们学习的专业，也给城市公共生活增添了新鲜的贡献，我们改造了城市的公共生活也就改变了社会，提高了居民的社会素质。

城市公共中心的停车与交通十分重要，要给附近居住的居民留出专用的停车场地。在改造旧城市中心区时把平铺在地上的停车空间逐渐转变为人们活动的公共场地，自行车道路应该可以在中心区自

∧∧ 沙特机场候机棚

由穿行。

要建立季节性的公共生活的户外活动空间，夏季大力发展步行交通，也要考虑冬季周末的步行系统，要让人们在各个季节都愿意在城市中心区消磨时间，做休闲、餐饮、娱乐等各种方式的停留。

∧∧ 街景速写

　　要制定整个城市的公共空间政策，使城市的林阴大道成为游客的走廊。制定在城市中心区如何消磨时间的策略，制定开放新建筑底层平面的政策，停车的政策，季节性的政策。如在冬季可有选择的区域内提供暖坐凳，带音乐茶座的溜冰场，凉亭可提供热饮，通宵的长夜照明，光幕下电影广告和陈设艺术作品，提供冬季的街上娱乐等等。

　　巴黎旧区中的蓬皮杜文化艺术中心的建设改变了当地文艺复兴式街区的面貌，也改变了当地居民的公共生活内容。经常展出的文化艺术内容提高了旧城区居民的素质，公共生活与社会面貌的改善成就远远超出了蓬皮杜艺术中心建筑本身的作用。

二、创造充满人间友情的城市公共中心区
Making People-Friendly Towns

● 旧城市公共领域的衰退与"场所"的复兴

中世纪的城市中心区是独立的,集中的,混合使用的。19世纪古典主义的城市中心多元化,有以广场为主的政治中心、文化中心、休闲中心、商业中心等等,城市中心以功能区别。1945年以后,城市的交通体制发生了巨大的改革,促使发展地区产生重建的概念以适应汽车交通的压力。1965年的规划概念受地区人口快速增长的压力,需要调节城市中心的改造。大城市居住区的改造与更新与城市中心区的改造密切相关,为了满足城市的商业、居住、公共使用需要,在城市中心区进一步开发城市用地的潜力。为了改善地域性交通网络,减少道路交通在中心区的穿行,需要开辟步行街,重新规划设计城市中心区。铁路车站与城市地下交通的连贯,规划轻轨交通结构,需要重新布局主要的商业大街。改变过去的居住区和交通结构是对改造旧城市中心区衰败的挑战,扩大步行区域和新兴综合性活动场所的建立是旧城市中心地区的复兴。

● 从过去学到了什么? 混合的活动和综合使用。

新的城市中心区的公共生活场所应强调其综合性,混合各种活动,综合使用。就像中世纪的广场,充满人性的情感空间,城市公共中心应该是充满友谊的交往、欢庆、娱乐、进行多种生活活动的共享空间。

● 人性尺度是表现公共生活情感空间的主线,

只有符合人性尺度的空间才会使人感到亲切，才会感到自身有意义的存在，人们才愿意逗留，愿意观赏，愿意在此参与公共活动。公共中心失去了人气，就不是公众喜爱的生活中心。

● 为所有人通行的步行者的自由王国

自从澳大利亚阿德兰德首例步行商业街成功开通以后，步行者的公共商业中心成为人们向往的购

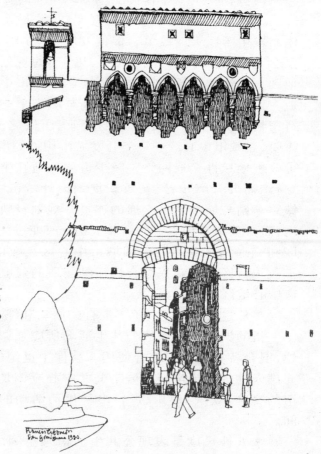

>> 意大利圣·吉米那诺 San Gimignano 由城墙的小门洞通向步行主街，直到最后的时刻才见到城市的广场，里面是充满友善的步行王国

^^ 充满人间友情的城市中心区

物天堂,那里没有车流的干扰,集商业、休闲、娱乐、交
往和餐饮于一处,成为大城市不可缺少的公众生活
的中心。美国明尼阿波利斯更把步行天桥连通商业
中心的二层,形成了上空的步行系统,尤其是在冬
季,足不出屋即可浏览整个城市中心,是最繁华的地
区。

● 城市中心区应是大众清楚而永续的环境

城市中心区应属于全体市民,成为大众共享的
公共生活的地区,要有人民性、开放性和可控制其发
展变化的永续性。中心区范围环境的界定既是自然
形成的,又在人的心目中非常清楚,让人人都不会迷
失去向。

三、城市中的休闲情趣
Recreation Intrest

1.休闲的时代

有些国家正在推行两天半公休日，人的休闲时间日趋增加，既可促进社会消费又可增加就业岗位，何乐而不为？人有了休闲的心情，怎样支配个人的休闲时间呢？丰富多彩的休闲种类给人们提供了多种选择机会，人的现实生活中有主动式的休闲和被动式的休闲。主动的休闲如看电影、戏剧，从事各种娱乐体育活动，去各种休闲场所，达到休闲的目的。被动式的休闲则是在不知不觉的情况下得到了休闲，如候车、途经的美景、餐饮的优雅环境等等。被动式休闲环境充满人生的周围，那将是最理想的世界，也是建筑师规划师创造环境空间的贡献。工作是劳累，休闲是愉快，怎样淡化这种区分？让工作之中也是休闲，那将是休闲设计的新潮流。

在生活中你能享受多少休闲的时间，节假日不全都是休闲，上班工作中也同时存在着休闲的情趣。但是由于人们男女和年龄的不同，其情趣与休闲时间的支配方式也有所不同。

16~24岁喜欢从家中外出休闲。

25~40岁多在家中休闲。

45~64岁重新从家中到外出休闲。

65~79岁在家或在外地休闲。

80岁以上在家休闲。

休闲不全是新时代的时髦见解，古代、中古时期

^^^乾陵的旅游者

到19世纪各个历史时期,都有当时休闲潮流的特点。例如罗宾汉时代怎样制作弓箭,也成为当时的时尚休闲活动。休闲情趣也因人而异,例如对绘画的欣赏,可选择罗曼蒂克主义的、表现主义的或印象主义的等等。欣赏音乐可以是古典音乐或是现代的爵士音乐等等。在工业革命时代,有休闲的好时光也有坏时光。

影响休闲的要素很多,提供休闲条件的要素也有很多。妇女看来比男人的休闲假日少,但是处理得当,家务劳动也是一种休闲,退休老人的学习也是休闲。

2.休闲的景象

一座繁忙拥挤的城市,一座荒漠沉闷的城市,都是冷冰冰没有人情味的城市景象。城市中心区的休闲景象代表城市的文化素质和生活质量,要提供给居民私人的和公共的充分的休闲条件。

提供给个人的休闲场所除了家的范围,还有影剧院、网球俱乐部、主题公园、健康俱乐部、高尔夫球俱乐部等等。提供给私人的处所还有旅馆、动物园、迪斯科舞厅、餐馆等等。提供给大众服务的有休闲中心、博物馆、公共花园、游泳池等等。居民自愿的休闲组织团体有社区协会、游戏组、宗教团体、老年俱乐部、各种联谊活动等等。随着社会的发展,公众和家庭既是休闲活动的参与者又是休闲活动的提供者。

　　把城市中心区那些封建迷信以及庸俗的精神污染的休闲娱乐搬出城市，代之以阅读景观性的休闲服务，将会提高城市的文化景象。

∧∧ **流动的游乐场**

△ 古庙新戏 杨先让作

3.休闲活动项目的提供和参与

　　不论是私人的、公共的、志愿组织的休闲活动，都应得到社会有关部门的支持。城市中的有关部门和团体，如艺术委员会、运动委员会、乡间的社团、国家公园、旅行社等等公共职能部门与城市的商业部门配合开发旅游、娱乐、餐饮、运动、赌博游戏等项目，并开发相应的休闲设备和技术。

　　休闲活动项目的公众参与水平如何，要看能否适合城市居民所需要，关键是公众参与的程度和如

▲▲明尼苏达大学的鼓乐队

>>悉尼 Batman 公园

何鼓励公众的参与。德国的双休日全部商店停止营业，大量的公众去艺术展厅、博物馆、娱乐场所，制定许多的优待政策。居住区的房地产营销政策也把售房重点和居住的生活方式一并考虑，如健身中心、俱乐部等设施也会成为居民选房的热点。

如何组织公众的休闲活动，组织何种活动？要达到什么目的？什么是合适的时间？怎样参加？价钱如何？参加到什么程度？休闲活动程序之前，活动本身，活动过去之后，都要清清楚楚。

4.休闲活动的管理设施和市场服务

城市休闲项目内容有的是城市商业市场的经营中可营利的产业,也有的需要政府的财政支持,代表城市的权威与形象。景观工程亦算形象工程,或有政府的社区的预算投入和企业的赞助,或纳入商业管理或股份制或信托,要策划和制定政策使城市主力工业的职工有享受休闲的待遇,从而热爱这个城市。休闲项目设施的设计安排,首先要明确为谁设计?提供休闲服务的领先消费群是何种人?设施是否达到

<<芝加哥的
花卉广场

^^^ 贝鲁特的停车场

了健康和安全的标准,能否有效地操作?休闲设施项
目要考虑好外部环境,接待公众的前厅、房间要有多
种用途的灵活性。要有酒吧、健身练习房、庭院、多功
能厅堂、桑拿、日光浴、游泳池,其他贮藏、厕所、行政
管理用房、小剧场、住宿套房,艺术展室、餐饮、小吃
等等内部环境。

　　休闲服务市场化的关键是能使顾客们高兴满
意,无论是马戏团、电影院或是动物园的立项都应作
市场环境研究,弄清谁是它们的顾客。综合型的市场
和发达的广告业会得到更多的顾客。休闲中心与商
业市场服务关系密切, 有竞争的因素, 社会经济因
素,价格因素,客源因素,场所因素,市民的文化素质
因素,产品因素,技术推进的因素等等。

四、城市广场
Urban Square

1.从广场到场所

广场只是设计图上的点、线、面,却没有人的踪影,忘记了组织建筑空间实际是充当行为的导演作用。场所则是有意识的运用行为的因素,根据人的需求、行为规范、活动特点、持续时间和使用频率等,以人为中心的意象所进行的空间构思。作为场所应该具有三个条件。(1)有较强的诱发力,能把人吸引来,

∧∧世界上少有城市拥有"罗马大
台阶"这样不可忘怀的场所

创造参与的机遇。(2)能提供某种活动的空间容量,
能让参与的人滞留、聚集或分散,各行其所。(3)在时
间上能保证持续活动所需的使用周期。人在空间、环
境中扮演一定的社会角色,在社会中参与一定的生
活事件,故创作空间并非真正的目的,关键是创作一
个积极的行为场所,才是主体。

2.城市广场的角色

城市广场不应只是由建筑围合的物理空间,只注重它的构图形式美观,现代城市广场的含义应该是人民群众公共活动的场所。20世纪50至60年代以后广场常作为舞台的展现,更甚于为人们的享受,只注重其展示性。城市中心区的广场有许多类型,有街道广场,称进入城市的前厅;有豪华的公共场所,称城市中交谊的大厅;有的广场称城市的绿洲。

∧∧澳大利亚堪培拉议会前面对的景观广场

^^^意大利圣马可广场

　　城市广场的地域、大小、视觉的组合，是设计处理的基本要点，使用和活动的情况，人们在广场空间做些什么是最重要的。不希望广场中只有穿行者和徘徊者，同时还要考虑广场的小气候、日照、温度、风向、灯光，全面的舒适，要有明确的边界，合理的交通组织。

　　带地下空间的广场或下沉式广场，更要有合理的组织流线。下沉的广场，升起的广场都对人有吸引力，通过地坪标高的变化，取得美及心理感觉的功效。

　　广场中的座椅，考虑谁来坐，人的观看，初级的及二级的座椅层次布置，朝向、材料、单独的及成组的座椅布置，合适的数量。

广场上多样化的种植，树种选择，种植的边界，色彩与气味，种植的保护，草坪及花卉的供应。

公共艺术品，喷水池、铺面、食品摊棚，问询的符号等小品。

3.充满感情的广场饰物与过分装饰的广场

人类的文明可以用文字进行记述，用语言来表达，能确立明确的空间意向，能按照所需进行营造活动。能用文字记载和语言描述空间的性状，生活从而进入了一个依靠符号的有意义的世界。装饰则是由这种符号与意义的演变而来的，就像建筑的斗拱，原来是木结构的支撑体系，演变成了屋檐下的装饰，也

∧∧香港的休闲广场

∧∧充满情感的广场饰物与
∧∧ 过分装饰的广场

成为表达中国传统建筑的象征符号。因此广场的饰
物应该是表达场所精神的语言符号，和人们可以对
话交流，然而无意义的过分装饰打扮的广场，则好像
是废话连篇，令人厌烦。

4.功能性广场和抽象的几何空间

在现代的广场上，建立在物质和功能需要基础上的现代建筑,既是社会发展的产物,也是后工业社会继续发展的胚胎和温床。在这些功能性的几何空间中，人们舍去了各种感官所获得的不同图形的原貌,建立了同质的、普遍性的空间模式,这种空间组合只强调三维的空间概念，其功能适应的模式却很单一,且空间比较封闭。人类的需求随着生活水平的提高而要求多样化,多层次,以人为中心的空间,自我实现的意识日益得到全社会的认同，广场空间应成为多元的、多义的复杂的综合体。

明尼苏达大学土木采矿系馆地下空间采光的下沉式广场

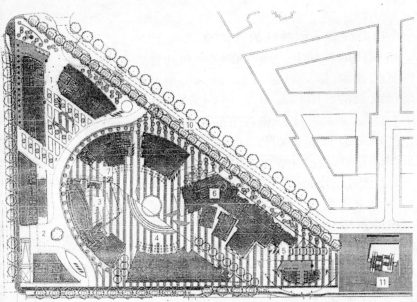

1. Sony Europazentr
2. Office Building
3. IMAX and Apartm
4. Filmhaus
5. Office Tower
6. Esplanade Apartm
7. Office Building
8. Entlastungsstrasse
9. Potsdamer Strasse
10. Bellevuestrasse
11. Potsdamer Platz

∧∧ 柏林索尼中心建筑群内
部有顶的广场空间

5.用绿化和铺面装饰广场

　　清华大学二教旁边有一块小小的铺地，前面下几步台阶就是校园道路，隔着路是大草坪和清华学堂，铺地后面是布满苍松乔木的土丘，时而可见松鼠。铺地中央竖立着一块不大的朴素石碑，是王国维的纪念碑，碑文由陈寅恪所撰表彰其学术思想的自由独立，碑体由梁思成先生拟成，用中国传统的风格。站在这块闹中取静的场所，对三位先生学术行谊略有所知的人，都会陷入沉思，躁动的心灵也会暂时宁静。

∧∧喷水池边的圆形小广场
美国俄克拉何马市

6.广场空间中有形的与无形的要素

广场中有形的要素是视之可见的，如建筑、场地、绿地等属硬件部分；无形的人文方面的要素是社会的、道德的、民俗的、情感的，属软件部分，无形的情感要素要利用环境气氛的渲染形成情感的序列。

进入空间的入口处首先要收心定情，做发端起景的处理，有实发和虚发，实发用具象的事物，产生较强的刺激引起人们的注意，从而把情绪收拢到目标上来。虚发用于题词、匾额、牌坊等虚拟内容，给人以步入空间的意向，是静态发动和弱发动，比较含蓄。

空间中情感的延续发展，常用一些诱导性、导向性、断续性和延续性的景物，使人的思潮起伏，强调蓄势与展势。

情感在空间中的高潮迭起，有豁然开朗之感，为之一振。在建筑空间中如果不渗入社会活动，这种高潮很难形成。可设置前景作铺垫，后景作反衬，加强主景的吸引力。

情感空间的收尾要做到情断意连，一般采用虚收的手法，造成一种回味，景断而意不尽，留下悬念，回味无穷。

∧∧芝加哥城市广场

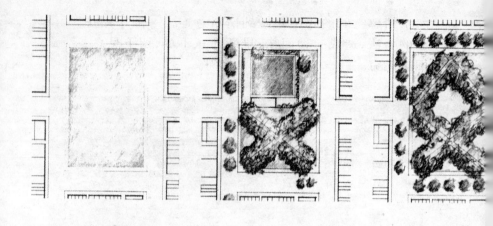

∧ 由建筑与街道划分的广场(左)
∧ 广场由运动俱乐部分割(中)
广场作为单一空间处理(右)

7.属于市民的广场

　　小城的中心广场是市民商业、休憩、娱乐和社交的中心场所,清晨,这块交通方便的空地上已拥入了大批的健身一族,他们三五成群,老少各异的散落花树之间、铺地上,或静或动,充分沐浴着清新的晨光,带着朝气走向新的一天。

　　白天广场上最为繁忙,如同攒其放射的干道上密布着各行各业的商铺,往来的人群带动了人气,也带来了广场的喧嚣和四周商业的繁华,逢上节假日,广场上更是人头攒动。

　　夜幕降临,广场又成为市民的休闲中心,花园内时有各式的中老年团队,吹拉弹唱,载歌载舞,游戏嬉闹,送走一天的疲劳。广场周围建筑内分布着各类娱乐场所，送走白天喧闹的商市又迎来夜晚的灯红酒绿，这是青年人的天堂。

属于市民的广场在市民心中有举足轻重的地位，它是可让不同年龄、不同阶层、不同所好的市民共同享用和拥有的城市情感空间。

∧步行城市王国中的锡耶纳广场，为什么现代新的城市环境创造中，在建立友善与景观方面还达不到古典广场的水平？

△ 新奥尔良城中的法国中心

五、城市广场情感空间的特色
Emotion Space in Urban Square

1.文化广场

文化广场的范围广泛,可突出表现城市历史、民族风情、传统习俗、宗教思想或文化艺术成就等。可以表达其中的一个方面,也可以是文化的综合体现。

(1)历史情感的表现。人对历史文化有怀旧的情感,历史的遗迹或相关提示,能够使人产生对过去城市生活的怀念或设想。要表现历史情感,首先要尊重城市的历史环境,其次广场本身设计可通过突出和衬托重要历史建筑或环境来表达情感,也可以从广场自身的主题和细部设计来展现历史信息,引起人们对历史的联想。

(2)民俗情感的突出。不同地域不同种族的人们有着长期形成的地方生活习俗,包括公共生活方式和表现,是一种淳朴的文化现象,人们对于民俗情感的空间很容易产生亲切感。表现民俗情感的广场不仅要从形式上表现淳朴的民风,更应着力于广场中活动内容的民俗化。天津旧城厢的古文化街的天后宫和宫前广场,是典型的民俗广场,宽约二十八米,东西长约四十五米,中间耸立着高达二十多米的幡杆,广场西侧有曲艺厅、文化茶社和太白酒家等。中央正前方是高大的戏楼,泥人张、风筝魏、杨柳青画社等文化老字号就位于附近。广场上酬神、庙会、表演、集市活动常年不断,每个人都可以在这里体会到浓郁的津味儿文化气息。

（3）宗教情感的表达。广场表达宗教情感的历史悠久，现代城市中也不乏体现宗教情感的广场。它不局限于宗教文化景观和精神象征功能，同时也为人们提供休闲游憩的空间。例如哈尔滨的圣索菲亚教堂广场和北京王府井灯市口天主教堂广场都是就现有教堂建筑周围环境的改造而建筑的休闲广场。

（4）现代文化情感的体现。现代文化广场中有一类是突出强调城市现代文化特点的，比如展示最新

▲▲纽约市林肯文化中心

∧∧ 文化广场

的文化艺术成就，科学技术成果或人民的时代风貌
等等。现代城市文化发展迅速而多样，表现的方式也
千变万化，可以通过新材料、新技术的运用，体现现
代时代感，用生态的手法表现人们对自然和谐的追
求，也可以通过广场中举办的不同活动向人们传播
最新的文化信息。

2.纪念广场

纪念广场是比较独特的广场，突出纪念气氛，传达纪念性情感为主要内容。让人铭记某一重大的历史事件或一杰出的历史人物，引发人们对事件或人物的感情，并从中受到教育和启发。纪念广场经常与有重大历史意义的建筑联系在一起，多用绿化和水体布置来烘托环境气氛，形式美、象征和隐喻是常用的表现情感的抽象手法。日本广岛市中心的和平公园广场，是由丹下健三主持设计的，为纪念广岛遭原子弹轰炸而建立的，沿广场南北轴中线布置了纪念陈列馆和慰灵碑，北端是爆炸后残留的废墟，其中慰灵碑设计采用的象征和隐喻的抽象手法，中央慰灵

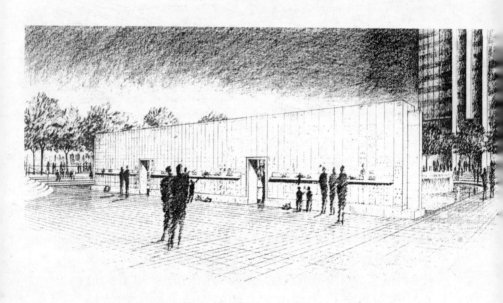

∧∧纽约市越战纪念碑

莫斯科红场

碑前是一个可容纳5万人集会的广场，每年8月6日日本的和平组织在此举行反核集会，每个来到这里的人都会想起那不幸的事件，从而珍视和平，珍惜生命。

　　柏林二战期间被炸毁的教堂，保留着残墙断壁，作为战争创伤的纪念，飞机驾驶员因错炸此教堂而自杀了，更增添了这座教堂令人怀念的色彩。

3.市政广场

市政广场多位于市政府或市政厅之前，并且与周围的重要城市建筑有良好的落位关系。市政广场不同于其他广场之处在于要满足市政礼仪性公共活动的需要，同时要为市民提供休闲、娱乐和交往的宜人场所，并能展示一个城市的特色和风貌。市政广场设计当以严谨大气为主，以开阔的视野和空间布局突出主体建筑，并处理好周围的环境关系。广场内应

∧∧新奥尔良市政广场

有容纳市政礼仪性活动的主要空间，同时又要注重
多元化的亚空间设计，为市民的休闲活动提供方便。
广场的景观设计可以将城市的历史、今天和未来联
系起来，注重文化气氛的创造。市政广场应当是市民
心目中美好城市形象的代表和雅俗共赏的友善空
间，市政广场要表现民主政治的亲和性，避免官僚衙
门作风。

4.游憩广场

游憩广场多位于居住区、邻里或办公区等容易接近之处，是为人们的日常生活提供舒适的室外活动空间的广场或小游园。这种空间一般有较为固定的来访者，大多是附近的居民、上班期间出来散步的人群等。游憩广场是在有限的范围里为人们提供交往、娱乐的机会，它不一定要有明确的主题，只要环境宜人，让人有安全感，能够放松即可。游憩广场离不开儿童，小朋友们是游憩广场中最为活跃的因素。

美国依阿华州底摩依市中心广场设计

∧∧ 纽约林肯中心
∧

5.商业市场

位于繁华的商业中心区,起到整合商业区环境、疏导人流的作用,现代商业区同时为人们提供娱乐、游憩和交往的场地,因此商业广场的内容和形式也越来越丰富。商业广场的主要作用之一是合理疏导人流,使人能够方便的到达周围的商业建筑,因此合

△△ 迎接 2000 年悉尼奥运会(白天)

∧∧ 迎接 2000 年悉尼奥运会（夜晚）

理的交通组织十分重要。同时要意识到购物是很劳累的事情，对那些不喜欢购物的男士和带小孩的妇女专用的休闲设施是十分必要的，方便的休息空间和设施受人欢迎和喜爱。同时还创造一些使人放松的景观或活动。另外商业广场要创造出一种热闹、繁荣的景象，可通过广场中的小品、种植等的设计来体现。商业广场要有热闹的购物气氛，不要追求对称、庄重和严肃。

6.公交集散广场

公交集散广场指设在城市对外交通枢纽处,如车站、港口以及大型体育设施门前,起交通集散、联系过渡及停车的广场作用。它通过各种车辆冲突的转化,形成一个新的合理的秩序空间,达到一种和谐,是富于科学性的空间。这种空间的关键在于合理协调交通流、人流,避免混乱和失去方向感,通过环境景观设计,使人放松、忘记旅途的疲劳或紧张。把

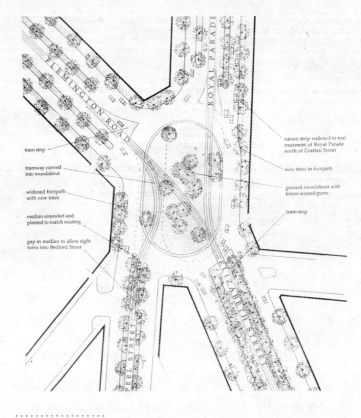

tram stop

tramway curved
into roundabout

widened footpath
with new trees

median extended and
planted to match existing

gap in median to allow right
turns into Bedford Street

nature strip widened to mat
treatment of Royal Parade
north of Grattan Street

new trees in footpath

grassed roundabout with
lemon scented gums

tram stop

∧∧墨尔本市街路口
∧∧

^^^芝加哥停车广场

　　交通广场做过分的装饰毫无意义，河南焦作的交通圆岛直径达300米，花卉图案只能从空中才能见到。

第六章

善待居民的绿色开放空间及水面

一、开放空间的情感设计
Emotion Design of Open Space

　　大自然是环境设计的文脉，对大自然的表达和观察，体现大自然的内在属性就是开放，开向大自然。人与自然的亲和是情感空间设计的基础，人是万物中之一物，是自然中的一部分。

　　什么时候蛙鸣蝉声都成了过去，什么时候家乡变得如此拥挤，高楼大厦到处耸立，是人们改变了世界，还是世界改变了人们？在现代化的时空里，"斗室之间，足不出户而知天下"，社会的进步科技的发展丰富着狭义的物质需求，但同时远离了自然，失去了情趣和舒适，失去了自由和尊重，也失去了畅快……于是人们又开始向往曾经有过的那片风景，开始制造"环境、景观"，来弥补内心情感的贫乏。有了展示性绿化标志性广场，音乐伴舞的喷泉，变幻陆离的室内"中庭花园"等等。可这就像舞台表演的布景，使人无法触及，绿油油的草坪"禁止入内"，广场上光滑的地面减弱了人与大地的亲和性，喷泉好看只是远远观望，水资源匮乏，更难见"涛声依旧"。展示性环境留下的是短暂激动后的无奈与怅惘。我们需要有亲和力的环境，自然流淌的小溪，可触摸的水，可供杂草生长的泥土，透着泥土气息的地面。有卵石、有虫子、飞鸟和蝴蝶，野生的杂草可以踩踏游戏，立体的、动感的、宜人的、朴素的、亲切的、生动的风景，置身其中，呈现出生活的自然形态和生存的开放空间——生态的居境。我们感到的是曾经久远的那份生命情感，这才是人类的家园。

1.私有的开放空间Private Spaces

私有的别墅住宅，繁盛的私人花园点缀在城市之中，好像是沙漠里的绿洲。私有住宅的开与合，室内室外对自然的开放与共享，都构成了开向自然的情感建筑。苏州民居中的半隐藏的花园、流水别墅、屋顶花园、池塘和小亭、露台上的草地、苹果树和吊椅，都是充满自然情趣的私有的开放空间。

▲▲英国式别墅

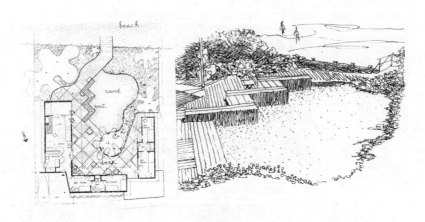

beach

sand

seat

deck

▲▲美国南加州的私人海滨别墅

2.互相影响的开放空间Interactive Space

　　情感空间之间有互相转化的关系，根据需要要求共享，分离或互惠，室外的室内，室内的室外，空间之间的生长感与无限性，时间性，体现它们之间的谨慎的平衡。例如我们可以设计空间中如同风暴中的沙漠绿洲，20世纪的石头花园或文艺复兴的重游、黄金色的季节或大地的裂缝、漂浮的水面、时空机器或从废墟到休闲、从大地中塑造的奥林匹克半圆剧场或大自然与几何形的对比等等，各式各样的互相关联的空间情景，但其中人性是最重要的要素。

∧∧文艺复兴的重游，
　巴黎的凡尔赛宫

3.公共性空间Public Spaces

公共性空间即开放性的空间，凡人流集散的空间及场所必定具有公共性，人是社会性的动物，人的行为离不开公共交往活动，建立公共性的场所的目的在于建立与健全人际的交往空间。在拥挤不堪的城市生活中，人与人之间的亲密关系受到影响，公共性情感空间的塑造，有利于人际关系的改善。近年来我国许多城市的修建大广场热不无道理，大连市建

∧∧ 城市的公共开放空间

造了大量的市民广场，不仅是美化城市的需要，而且也提高了居民的亲和性与文化素质。公共空间好像是社区生活的一个房间，在城市中应该有必要的容量、数量和间距。

在公共性的开放空间中创造情感，最真实的美学是建立安宁的景观空间。在城市心脏地区有一处大自然的环境至关重要。或是公共的开放空间中有令人沉思的纪念性园地，或大街上的绿带和城市的开放空间构成系统，或是拥有吸引游客的滨水公园。

城市的公共开放空间的内容往往是多种功能混合的多种形式的场所，在南加里弗尼亚有峡谷中隐现的屋顶，在澳大利亚墨尔本城市地区保留有自然的山沟，在哈尔滨未被开发的松花江岸边，都是居民喜爱的公共性开放空间。

4.城市景观空间Urban Landscape Space

城市规划与居住社区的发展事实说明城市的进化是一个生长的过程，城市沿着道路和水路向外延伸，城市中经过维护的自然环境逐渐地被包容在市区之中，星星点点的分布，构成城市中的景观空间和郊区的城市中心区。要使城市继续和谐的成长，要做自然生态的重建与恢复，需要自然环境景观和城市景观的相互影响与渗透。可把绿化起来的绿色建筑作交通站点；像纽约的一亩公园那样的小花园形成城市中的绿色宝石；像波士顿那样，以河湖构成城市中的欢庆场所；像新奥尔良那样把密西西比河入海口沿岸的仓库码头和废弃的火车站改造成为商场和休闲场所。巴黎塞纳河边的火车站改建成了奥赛艺术博物馆，这比新建的城市公共中心更具有情感的吸引力。

体验与自然界的联系，是人类的天性，领略大自

从香港望九龙

波士顿的城市开放空间

然的脉搏亦是人的本能。人们从自身的情感世界中，架起通往自然的桥梁。天然光线、天籁之声、花草芬芳，清润气息的融入都会令人心旷神怡。户内外环境的衔接，天然材料的运用，自然现象的模拟与隐喻，溶入自然活动的场所，这会令人产生一种诗意，一种动感。大自然是富于情感的空间，可提供平衡心灵所需的支撑和平静。

5.历史性空间遗产和未来的启示 Inspirational and Historic Spaces a Legacy for Future

过去与未来的环境景观都体现在现在的设计项目之中，城市景观情感空间设计是希望与梦想的纪录。对古树的尊敬可以思念过去，创造宁静的冥想空间可以梦想未来，对老城景观的护卫就是对历史先

∧∧ 希腊古迹

>> 充分表现自然地形
起伏的佛罗伦萨,提
供了世界上优美的
城市景观,远望高大
的教堂拱顶构成城
市的景观核心。

烈、先锋者的纪念,纪念死者即有复兴的意念。西方
社会的许多墓园修建在城市区内有它的优点,阿拉
巴马的美国民权纪念碑,令人冷静,华盛顿越战纪念
碑如同大地的裂缝,城市景观中雕塑与情感空间的
微妙处理是过去、现在与未来的象征。城市中的自然
环境景观与人为环境景观的交替是善待居民的绿色
的平衡艺术。

二、情感园艺
Emotion Gardening

1.触景生情Charming View

　　情感园艺是寄情于景，人们常说触景生情，中国园林最大的成就是创造了情与景的交融。"四面荷风"、"四壁荷花三面柳"、"半潭秋水一房山"、"南山观雪"、"冠云峰"、"一线天"、"流水音"、"月色江声"、"远香堂"、"萃赏楼"、"碧螺亭"、"烟雨楼"、"山花野

美国盐湖城大盐滩

鸟之间"，多么美好的情景。

　　寂静的庭院，看似随意，实则精心布置的几处山石，平铺的细沙摹写着流水的波纹，仿佛时间凝固在一瞬间，这是日本枯山水的情感园艺，简洁、纯静，表达出日本人平和禅宗的追求和对宇宙的思索。同样是山水，在中国古典园林里意趣迥异，在有限的空间里再现自然山水的神韵，疏水若无尽，断处通桥，参差陡峭的石峰，清幽静邃的水面，表现人们对自然的喜爱，对世俗的超脱。在繁华的都市一角，灯红酒绿之间出现的一段小桥流水、树石花木的片段，则会出现心灵放松的期盼。情感的园艺，园艺中有情感，是情感造就了园艺，还是园艺触发了情感？毋庸置疑，"情景交融"才是最高的境界。

2.环境设计中的诗意

中国园艺中的诗文、书法,用笔表意、情景的描写都是一致的。内心世界的情感是书法的源泉,书法和诗文也都产生于自然,有自然存在才有形有势,以笔画书写字形结构,反映客观事物的形体美和动态美。把文学和书法连同诗意和园艺的情感结合起来,书法加上字句的含意能更深刻地表达情景美的要求。在庭园建筑上配置书法精美的诗文、题字、匾额,真乃是"意与灵通,笔与冥运,神将化合,变出无方"。

关于诗的想象的理论在浪漫主义的思潮中达到了顶点,诗的想象在景园设计中成为发现实在的线索。情感空间中追求有诗意的表现力,使建筑艺术也纳入诗的符号体系,环境设计中的诗意要从内在的意义来理解。

苏州园林

3.宁可食无肉,不可居无竹

扬州个园建于清嘉庆道光年间。是当时大盐商的私人园林。园主爱竹,园内遍植竹子,由于竹叶形像"个"字,故取名"个园"。竹是中国古代文人喜爱的植物,是清高有节的象征,苏东坡曾有"宁可食无肉,不可居无竹"之语。园内有四季假山,春景——竹丛中用石笋插于其间,取雨后春笋之意。夏景——荷花池畔叠以湖石,"夏山苍翠如雨滴"。秋景——为坐西朝东的黄石,登山四望,有秋高气爽之感。冬景——用白色的雪石堆砌,象征隆冬白雪。游园一周,似历一年,符合中国传统画理,春山宜游,夏山宜看,秋山宜登,冬山宜居。个园以山胜,面积仅30亩,引人入胜,不失为优秀的充满情感空间的建筑作品。

北京香山饭店四季花厅

4.自然野趣和生物学的绿化方法

贝多芬说过,大自然是他惟一的知己,他爱一棵树甚于爱一个人。现代建筑师喜爱将"雨淋墙头月移壁"的自然景观在设计中运用。安藤忠雄的作品常以石板、水泥、木头、钢材、玻璃为材料,妙不可言地把雾、雨、风和阳光设计要素运用其中。从安藤的作品中可以体会到日本农舍与大自然的和谐性和日本数寄屋的禅宗美学意识。

　　90年代以后原生植物的野趣、荒草和野花、荒漠和秃雀、原野和庄稼,在西方已形成现代园艺的新趋势。过分的生物学的绿化和花卉的种植方法的发展,在药剂作用下的绿化花卉把真的做成看似假的,这对植物遗传学是个讽刺。

　　久居城市的人渴望享受乡野式的生活空间,明媚的阳光,清新的空气、碧绿的山冈、芬芳的野花,这是可满足人们休闲心理需要的环境。

5.几何装饰性的园艺趣味

　　设计需尊重自然,研究自然、摹仿自然,并创造各种毕肖自然的作品, 这种选择与加工逐渐变成了主宰自然。几何装饰性的园艺趣味虽然不可能改变大自然的整体,而希望人工改造后的自然园艺更趋于完美。重要的是装饰性的园艺能够形成人工环境建筑与大自然中间的过渡。

● 模纹花坛

模纹花坛无不追求几何图形的趣味，形成美的规律，给人带来美的感受。模纹花坛植物的形状、色彩、质感、比例和大小，都与几何形式有密切关系。正方、圆、三角形等肯定的几何形态具有抽象的一致性，是统一和完整的象征，自由曲线的构图又带来动感，包含着最单纯的多样统一。

澳大利亚阿德兰德的英国式花园

● 花境

花境能表现出较多的曲线形的优美，幽雅、柔和、丰富、美好和抒情。

● 植物造型

把植物材料梳理、整顿、分类与剪裁，进行造型设计，使之突出园艺景观的重点，留给人们鲜明的印象和深刻的感受。植物的造型尚繁尚简均可奏效，整齐则是达到完整性的手段，整齐不单是从简和裁剪，而是在繁简之间进行造型创作。

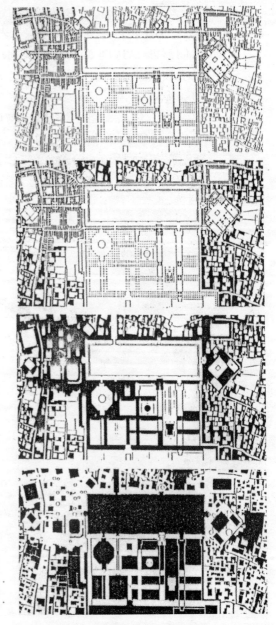

伊斯兰式几何装饰性花园

6.山令人远,水令人亲

　　远山和近水都是情感园艺的重要景观背景,当人们漫步水边时,可以领略水天相接的那种缥缈无垠的自然美景,人有天生的亲水性,水面所赐予人类的美令人陶醉。借助山势和水景抒发感情,以山水景观唤起人们各式各样的感情与联想。山的造型如"笔架山"、"象鼻山"、"鸡公山",水的动态如"三叠水"、"飞瀑"、"小桥流水"、"十渡"、"九溪十八涧"等等。而在于人赋予山水以生命以幻想。

7.装饰水体

水的装饰性在于水有动态之美，自然之水呈现出圆形的动态，外围的景物则呈现背景的性质。因此动态的水永远是环境景观的图形构图中心，最容易达到吸引人的效果。

● 池中水

水具有无形式、无限制、无限大的特征，它能标志体积和体量。池中的水则把无形的水赋予了人为的美的形式，"美在形式"是池中水较多的运用手法。池水景观要有巧妙多趣的设计构思，以水唤起人们各式各样的感情与联想，同时池水的设计也能表达设计师的感情和语言。

美国圣路易市通向西部的纪念拱门处，在密西西比河中设想以一束冲天水柱，创造出城市的特色池水景观。

● 溢出水

水表现自然的流动，自然的运动，水的特点是流动。美国华盛顿潘斯威尼亚大街由查理斯摩尔设计的广场上的溢满水池，水沿池边满溢而下，飞溅的水花隐藏在池边，远看像一块水体透澈光亮的大平台，创造了特殊的水景之美。摹仿大自然中瀑布流水，也是溢出水的设计手法。

● 流动水

流动的溪水陪伴着行人在步行街的路边或商业广场上，是当今景观设计的新潮，把雨水也存留下来加入水流的循环之中，就像古代的明沟排水，别有情趣。像德国的亚琛市中心区步行道的旁边的雨水沟里加上不停流动的清澈的流水。埃森的市中心区则布置了沿着山石和石子铺面曲折的流水环境。美国俄克拉荷马市的旋转水车式的喷水池，也是表现水的流动之美。

● 喷射水

喷水采用水的造型时，大型的喷泉要配合水体的组合，水体设计的关键是各式各样的水柱的造型。水幕、水泉、水的满溢、水面的动态……这要保持适当的高度和足够的水量，同时要考虑微风时水柱不变形，不散乱，雾化不影响观览。现代喷水的高低、旋转、变化可以由音乐声控或与灯光配合，会更加生动有趣。

● 旋转的水

巴黎蓬皮杜艺术中心广场上有一个活动的喷水池，池中各种五颜六色的装饰物件沿着池底的电动轨道不停地旋转和游动，形成旋转运动着的水柱。

● 水幕

水幕描写自然界中的瀑布流水，飞流直下，美不胜收。水幕在于其形式壮美诱人，重在表现其艺术形式，水幕设计要反映大自然的直观性、可感性，力求生动逼真地再现大自然的景象，并表现某种思想情绪、感情、愿望，具有独创的艺术风格。

● 水花

巧妙处理的水花像是墙面上的一幅闪点的壁

∧∧ 池中花

︿︿池中水

︿︿流动水

画。贝聿铭设计的华盛顿艺术厅东厅入口处地面上
的喷水池流向地下，正好在地下的休息厅中形成一
片墙壁上的水幕。水幕冲着混凝土墙壁上的粗糙表
面，水花四溅，透过玻璃恰是一幅精彩的水花组成的
活动而闪烁的水花壁画。

澳大利亚坎培拉新建的议会大厅前面的广场上
的圆形的水池，水在地面上旋转式的快速流动，池底
是粗糙的混凝土，池底表面溅起水沫飞花，秀美动
人。

● 气流冲水

用空气幕导向的封闭空间，可保护人们不受风
雨雪的侵扰，气幕结构只需按一下电门开关，正是当
今生态建筑发展探索的课题。1974年加拿大多伦多
市政厅广场上曾完成了人行道上面水平的空气幕顶
棚实验。垂直上升的喷射水柱向横向发射一股空气
气流，可把水柱吹散改变方向，构成水景的奇特景
观。

8.装饰石趣

　　叠石是中国园艺特有的石文化，常用的石品有湖石类、黄石类、卵石类、剑石类、吸水石类、上水石类,还有其他木化石、松皮石、宣石等等。相石又称读石或品石,须反复观察,构思成熟才能因材施用。中国叠石以瘦、透、漏为特征,以石包土或土包石。日本叠石法有月阴石、守护石、庭胴石、观音石、游鱼石、清造石、控石、客人石、主人石等别具风格特色。中国

中国盆景石

∧∧ 苏州园林石狮

的盆景石的观赏如同天然的抽象雕塑艺术品，苏州
园林中笋石拔地而起也称剑石，可与太湖石对比组
合。山东泰安市新建的城市中心广场上，布置的大型
盆景，石料与树形配置精美，造型美观，形态感人，是
广场上的绝妙佳品。

9.木头的展示

木材是运用广泛的建筑材料之一、可再生的生态材料,人们对木头的性质怀有深沉美好的感情,源远而流长。从古代的图腾到木斗拱、木装修、木家具、木雕、木刻等艺术品,以及古代诗文中对松、柏、桃、李等树木的人格化描写,颂扬了木头的姿质、品性和情操。木头作为园艺中的天然材料,可雕可塑,可粗可细,具有天然的表现力,能够展示丰富多彩的美的创造。赖特提出的有机建筑理论,在他的西特尔森荒漠中的别墅中运用展示木头粗犷纹理与粗石的组合,形成新的建筑风格。中国建筑屋檐下的木斗拱是展示木结构特征的集中表现。

∧∧ 中国斗拱装饰

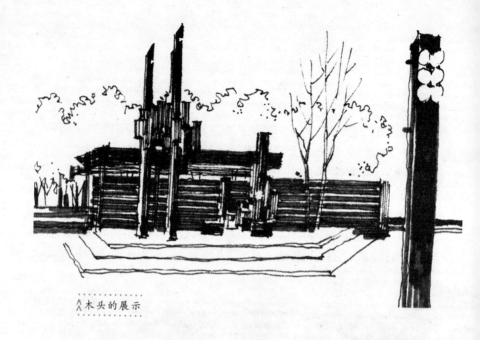

▲木头的展示

10.生灵

人类和自然界的动物、植物、昆虫、飞鸟和蜜蜂
有密切的关系，原始时代人类的用具无不模仿自然
界中的花卉植物、鸟兽鱼虫。图腾和像生，都表现了
人类与生灵之间的密切联系。自古以来人们就把生
灵形象作为构成环境景观的重要要素，那时生灵的
形象是人类生活中崇拜物、信奉物。沿袭至今，生灵
成为城市环境和园艺中表现雕塑艺术的装饰物，北
京故宫御花园后的铜像，苏州园林中的抽象石狮，中
国古典式琉璃瓦屋顶上整套的走兽，西方古典主义
建筑檐顶上的石兽，西安半坡遗址彩陶上的人面鱼
绘画，秦汉之际空心砖或实心砖上的画龟像，用以盖
顶或铺地。

^^ 弗兰克盖里设计的鱼灯

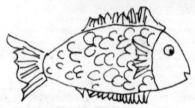

<< 立面、平面

<< 透视

11.空中花园

古代巴比伦的空中花园被称为世界奇观，人们早就设想把生态花园悬在空中，可以和生活更为贴近。现代的屋顶花园，平台上的花园，阳台上的花园，室内的花园，内天井中的悬挂植物，有各式各样奇妙多彩的庭园构思。

2000年德国汉诺威世界博览会上的荷兰展厅是矩形平面的多层大平台，由室外大台阶登上，每层平台上种植高大的树木，看上去就会联想到古代巴比伦的空中花园，大树上了楼层。罗马尼亚展厅则是个纯粹的绿色建筑，金属网的大空间上覆盖着攀藤植物编织的屋顶，人的活动在植物编织的天空之下。

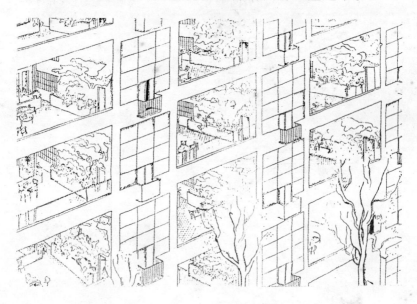

∧∧ 勒·柯布西耶设计的平台花园

∧∧2000 年汉诺威世界博览会
荷兰馆,楼层上种大树

12.室内园艺

从休息厅到中庭再到客厅，植物使整个环境大
为改观，质朴中多了一份装饰，平实中多了一点色
彩，植物带给我们的是更多的审美体验，植物的作用
还会直接影响到人的健康需求。自然环境、室内植物
对久坐办公桌前，面对显示器或制图板的人们，可起
到减轻眼部疲劳，提神醒脑的作用，可帮助人们缓解
压力，更好地完成工作任务。植物是大自然的增湿
器，在新技术条件下，室内设计可以重塑外景，外景
内置，提供一个完美的栖居环境。

△△ 广州白云山庄别墅中的叠水装饰

∧ 北京香山饭店的四季花厅

三、城市设计中的树
Trees in Urban Design

1.树的今天和昨天 Trees,Today and Yester-day

在城市中,树是人类最不需要加工的原生材料,随着时间的进展,树在不断的生长。看看树的今天和昨天,在城市中树的种植很失败,一方面人类没有把树作为生命体来善待它们,另一方面,城市中的树在

∧∧南宁集中在一起的苏铁林

<< 城市公园中的树林使城市建筑的韵律多样化，穿过树干闪烁的视景，使远处建筑景观的三维层次更加丰富。

<< 树林在垂直与水平两方面界定室外空间

退化在枯萎，逐渐失去生存的条件，只有今天而没有昨天。北京、上海、天津大城市的商业步行街都砍伐了昨天的大树而代之塑料的或生物化学的假花假树。古树名木的命运在各个城市中均处在垂危的境地，北京的天坛、承德的避暑山庄、北京香山、西山公园，这几十年来的变迁，原来的参天古树片片密林都变成了稀林草地，人工设施铺满了原来的林地，树木遭到了人类的轻视和慢待。

2.选择树种的观点 A Selective View

城市树种的选择在不同地区和不同的场合有不同的出发点。

- 文学的。书房种芭蕉,堂前植海棠,后院植枣树,桃李满天下,松柏长青,迎春垂柳早报春,玫瑰象征爱情,橄榄枝象征和平,等等。
- 密度的。防风林与草地稀林、景观林。
- 秩序的。行道树。
- 多样化的。植物园的科学知识性,药材园,水生植物园,热带植物园。
- 不同尺度要求的。以林木组织视线,背景林。

<< 绿门

　　● 形式与形态的。树的姿势引发的情感联系，向上的，低沉的，均匀的，冲天的，水平发展的，下垂的。

　　● 观赏细部的。裸露的根、花、种子、果实。

　　人们能够自如的选择树木的种植，使树的交替与展开所形成多样化的情感空间成为可能，这受益于生物学的栽植技术的发展。

3.种植的原则 Principles

城市由自然中脱离出来，种植就是要再建城市中的自然。在城市中浪漫的自然主义把树木看做是文化的象征，也是功能美学和建立秩序的需要。同时树木在城市中也有一种掩饰弊端的作用，种植也和建筑布局组织空间有了同等意义，既是表达情感的语言，也具有物的设计原则。其组织、几何图形布局、转移、尺度、光和影、抽象的设计原则，全被纳入了建筑设计的基本原则，所以把城市中的种树也称之为植物材料的运用。

>> 1.方形网格栽植。单一核心有韵律的布局，可不受拘束的安排树木。

2.方形网格任意栽植。可用少量的树木做多种方形网格布局，所有的树木都在网格交叉点上。

3.五点梅花形。组成五组或更多的组合，比网格式有较少的空间核心性。

4.圆周放射式。集中圆周的放射布局，形成焦点核心，有强烈的向心核心感。

5.蹒跚式成排布局。可比方形网格栽植密度大。

6.集中式圆环。具有开放空间中心的很有用的布局。

7.三角式。对角线的曲线加强了开放的中心。

8.多环式。在大体量之中建立小空间。

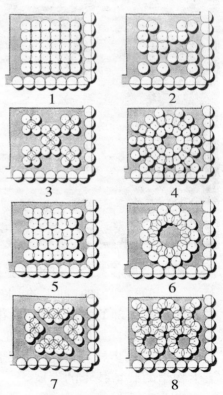

＾＾英国式花园中修剪的绿树

4.仔细观察树的几何形态Closely Observed Geometry

善待树木必须遵守树的生长特性，城市树的树形与建筑和街道都有密切的关系，应限定树形合适的空间感，特别是人行道边的行道树，枝干间要能流通，树冠要闭塞。以树的几何形态安排空间，构成水平的空间、垂直的空间或封闭与开敞的空间模式。

树空间的构成不是一时造就的，要根据树的成活与成长、种植的大小、形态的特征。组合树空间的构成时，在大面积公园中树的组织，像纽约的中央公园那样，表达树空间是公园的主体。

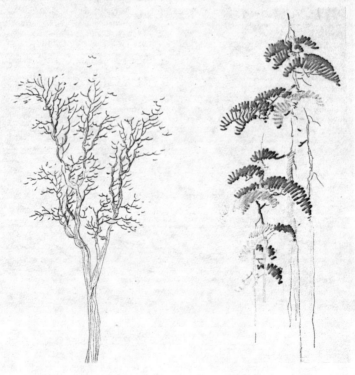

▲▲ 2000 年汉诺威世界博
览会鸟人绿草塑像

5.树的类型选择Choice of Type

为达到设计的目标选择树木的类型，考虑植物进化的生态标准，美学的标准，文化的标准，适应的范围、结构、密度、成长率，地方性的生长条件，当地的环境要素和其他特性。栽植操作技术与树的类型、运送、种植、可利用的场地情况和管理有关，要考虑树成形后的平面和奇花异树的效果。

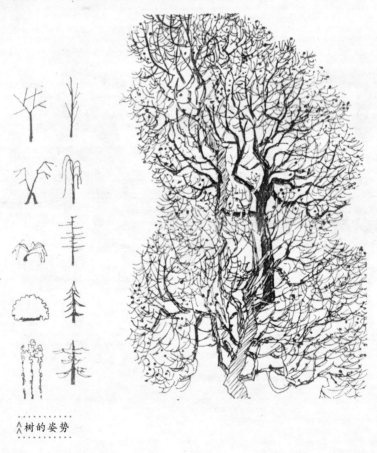

树的姿势

ʌʌ 悉尼滨海大树

6.城市树的技术要求Technical Reqirement

　　要掌握树的技术要求,考虑地面以下根的空间、土壤、水、灌溉、排水、空气、土壤的混合情况。地表面、铺面与不铺面的部位,靠土壤支撑的铺面,搭接的铺面,无铺面的表面。地上的部分有树干、树冠、与树相关的装置技术、护栏、根部的保护盖板等等,室内空间树有特殊的要求。要考虑树的种植之后的水、肥、树干的保护与支撑、喷淋、树的地下部分的养护等技术措施。

^^南宁市围护大树的公园座凳

>>8 车道道路两边种植，
街道的尺度较弱，树表
现的是外围的趣味

>>8 车道宽度中间加上两
排树的街道，树变为街
道空间的主导要素

>>12 条交通道有 6 排大
树，构成了道路公园景
观

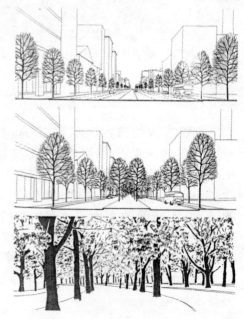

7.长远的观点 A Longer View

城市设计中的树要有长远的观点，考虑到树成活后的经济效益，成本造价获益的比较。要考虑到城市树在维护管理中政府所承担的角色，树的布局，成活与日后的发展，对提升居民的生活环境与情感素质均有长远的影响。

河南嵩阳书院中的古树名木

8.城市行道树Street Trees

　　冰冷的城市中只因为有了树，人们或多或少能感受到自然的亲切。吐鲁番就有闻名的葡萄架阴大道穿越城市，行走其间，不知不觉中感受到生活的乐趣。葱翠的绿树枝叶，挡住人们向上的视线，看不到水泥大厦的墙面和艳俗的广告牌。滤过树叶的阳光，使路面有了斑斓闪烁的树影，不规则的枝干在空间交叉呼应。生动自然、依路而植的秩序赋予空间的延续感。树叶、树枝和树干以及路面、树影形成的三维度空间自然而多变，人们可以通过剪枝使树空间达到最佳的尺度。行道树有四季的变化，冬季疏松，夏季紧密，春季清新，秋季沉稳，包含了时间的概念，使人们对时间的感知多了一层空间的意义。

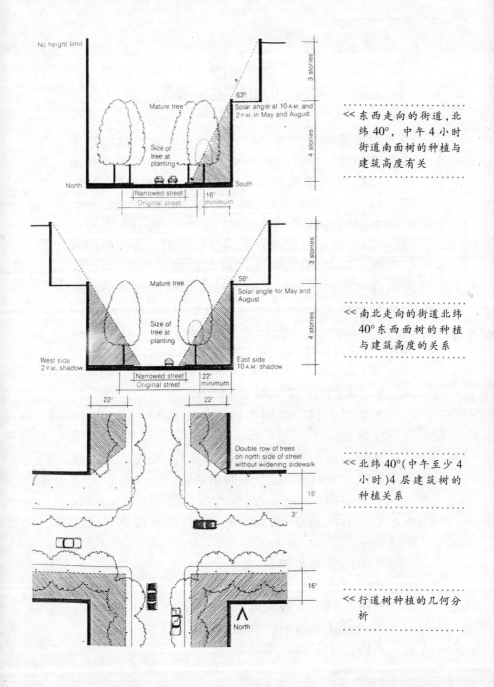

No height limit

Mature tree

Size of tree at planting

North

63°

Solar angle at 10 A.M. and 2 P.M. in May and August

South

3 stories

4 stories

Narrowed street

Original street

16' minimum

<< 东西走向的街道，北纬40°，中午4小时街道南面树的种植与建筑高度有关

Mature tree

Size of tree at planting

West side 2 P.M. shadow

56°

Solar angle for May and August

East side 10 A.M. shadow

3 stories

4 stories

Narrowed street

Original street

22' minimum

<< 南北走向的街道北纬40°东西面树的种植与建筑高度的关系

22'   22'

Double row of trees on north side of street without widening sidewalk

16'

3'

<< 北纬40°(中午至少4小时)4层建筑树的种植关系

16'

North

<< 行道树种植的几何分析

四、水园
The Water Garden

水与花园是不可分的，古代水园在情感园艺中就有实用性与象征性的双重角色，天然的河流与洼地一经控制和整理就能给予人们生命及美的愉悦。很早以前，从底格里斯、幼发拉底、尼罗河的分支出来的水造就了古代的许多名园，并美化了人类的居住环境，完善了民居与宫殿的建设成就。水园中同时能享受太阳的阴影，并生产水果和花卉产品，构成人类生存网络中不可分离的部分。水园是成功的花园中重要的因素，在花园的设计历史中，水具有丰富的涵义。水的倒影、水的运动、水的景观构成、水与种植等等，水在花园中呈现了基本的丰富的生活情趣。

1.水园的特征Water Features
- 埃及古代的水园中曾强调阴影与水，水的声音特征。
- 伊斯兰的水园称摩尔式花园，像玛哈尔的穆加尔花园庄重对称，有明确的轴线。
- 从伊斯兰的水园到意大利花园中的水均表现着丰富多彩的特征，例如河中之神，沿阶梯流下的城堡式叠水。
- 串珠式的水链。
- 陡坡流下的滑梯式水景。
- 塔吉玛哈尔式的方形水池。
- 台阶式公园中的水池。
- 园艺中多种喷水的形式。

苏州庭园

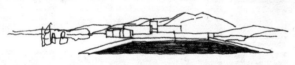

- 洞穴中的喷水,墙块上鬼脸的喷水。
- 有屏幕石墙或雕塑背景台地上的流水。
- 满溢过坝式的流水。
- 街道上的流水。
- 口中喷水。
- 水阶梯。
- 意大利文艺复兴小剧场式水景。

2.水园的风格Water Garden Style

　　意大利风格的水园以规则式布局，小尺度装饰性下沉式的水池为特色。人工的大水面边角多做成方形的池塘，喷水讲究雾状的露水的水幕形式。宫殿式水园以水围绕着建筑形成护城河式，水池是由天然池塘演变而来的小水池，所以游泳池也称Pool。意大利风格水园常以水池或水面与花卉组合，有时还布置水车。各地区的水园均构成地域性特有的风格。

^^安藤忠雄作现代意大利风格水园 Treviso Italy

△△△ 纽约洛克菲勒中心运河花园水景

3.规则式水园The Formal Water Garden

规则式水园是正规化的,常有明确的轴线,如法国古典的凡尔赛花园中的水园。在法国规则式水园的影响下,德国的规则式花园的雕塑喷水池秀丽动人。英国的规则式水园表现的喷水景观闻名于世,19、20世纪规则式水园在欧美都很流行。

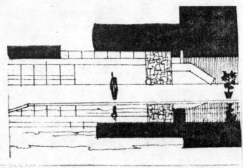

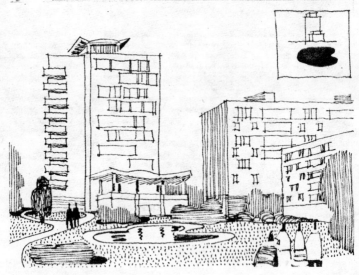

居住区中的水景

∧∧ 纽约林肯中心水池

4.自然式水园The Natural Water Garden

　　自然式水园的特征是结合船屋、桥、湖岸、池塘、细水和小溪布局的。以英国式的景观园最有影响,把水与景观建筑、溪流、池塘、花园和水生植物交融在一起,自由布局,自然而生动。

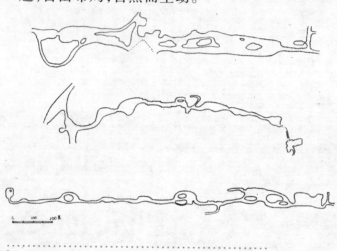

∧(上)瘦西湖;(中)颐和园后湖;(下)圆明园北区河湖

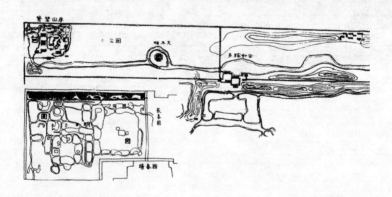

∧圆明园

▲▲ 苏州水园

5.小型水园 The Small Water Garden

　　小型水园的特征是常用花园中的小型存贮水的器物布置。如水园中墙龛下的小水池，石头前面布置的浸礼的水，在凹槽石头下面的简单容水器，在花园中取用水的井和井台等等。在现代的水园设计中也常使用古典小型水园的手法。

底特律艺术博物馆
伊利尔沙里宁设计

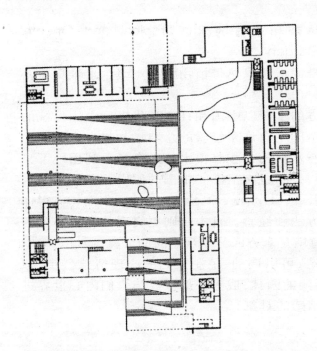

>> 建筑庭院中的设计水体

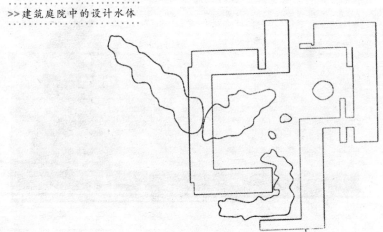

6.热带和东方的水园Tropical and Oriental Water Garden

热带的水园以热带植物配衬点缀，水景更丰富多趣。

东方的水园以中国和日本为代表。中国传统的理水在造园中有许多经验的总结，苏州大小园林无一不是有水池的，在难得水处必有泉，利用地下泉眼，水不易浊，也有活态。中国的假山叠石也多与水呼应。水口、水岸、瀑、潭、涧，以及广阔水面均有得体之处理方法和经验。日本园则更突现其佛学禅宗的思想。意境是东方园林景观空间的灵魂，通过意境空间的营造，可以调动、控制人们的心理情感，使看似平凡、恬淡的园林，成为外部世界与人们内心世界进行交流情感的对象。

北京颐和园水景

避暑山庄烟雨楼

五、公共花园
Public Garden

1.邻里公园Park in Neighbourhood

邻里公园是生活居住接触与交流的需要，是社会人际关系组成部分，应更充分的考虑退休老年人、残疾人和儿童的使用。步行道、坡道、踏步、停车、植物配置、符号、陈设，都得考虑使用者的特殊要求，配置学前儿童以及6—12岁少年的游戏区域。邻里公园有时还有些会餐、小型庆祝、场院中的游戏、草地上的游戏、日光浴、摇椅、秋千、滑梯、滑冰、野餐、遛狗、轮环、滑板、滑冰鞋等等。邻里公园中设置桌椅、围栏、废物桶、标志、植物、灯光以及活动项目的管理等等都需精心的设计。

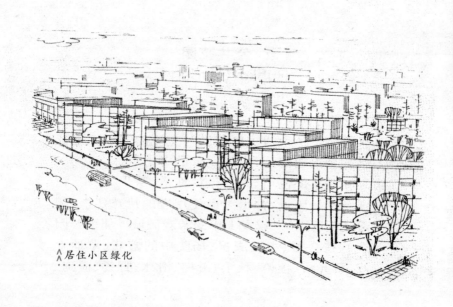

△△居住小区绿化

香港的邻里公园

2.背心口袋式小公园Vest-Pocket Parks

在城市密集地区的沿街空地上开辟背壁小巧的背心口袋式公园。根据地域的大小也可以划分功能区域,安设地面的铺装和园艺设施。著名的是纽约市区的一亩公园,利用墙上的瀑布水幕遮掩马路上的噪声,形成一块树阴下饮茶休息的世外桃源。

纽约街头背心口袋式公园(一亩公园)

纽约繁华市区的一亩公园

第七章

情感建筑

一、寄情于物
Leave with Emotion on Building

　　旧地重游,你还记得此地是哪里吗? 你能记忆起当初你童年时印象深刻的嬉戏场景吗? 这里曾经是你朝夕生活的场所,这里曾经有过你的欢乐或悲哀,情感建筑空间能把你带回童年,能令你怀念过去。

　　地域主义认为建筑不仅仅是一个单纯的物质现象和功利性工具,而强调其文化意义,试图创造给人以归属感的环境。应注重建筑与自然环境和地区文化的关系,环境设计的出发点也是感情产生的源泉。

　　把抽象的"情"转变为具象的"物",把抽象的图式转变为具象的建筑形式,由建筑形象而触发感情。

这种情感的物化过程,将情感凝聚于建筑实体之上,通过空间与实体的塑造可以达到。建筑是以物质结构构成的使用空间,作为建筑本体,是以材料通过结构而围护空间达到功能的需要。然而建筑在成为人的情感的载体时,就渗入了艺术领域,即建筑艺术的本质体现在建筑的移情作用。建筑是寄托人类情感的物质结构。它包含着人的思维的表达形式,而形式本身的演变又是靠物质为媒体传达着人的不同感情。人的情感是建筑艺术真正表达的内容,诚如柯布席耶所言:"建筑就是以天然的材料建立起动人的谐

<< 印第安人仿生用具

调,建筑超乎于功利事物之上。"

　　建筑离不开纯粹的物质性的功能,因此使得我们从事建筑的时候,往往忽略了建筑应有的能够打动我们心灵的深层的东西。当我们站在帕提农神庙、北京紫禁城和其他宫殿、陵墓等往日遗迹中,都有难以抑制的激动,由衷地体验到这些陈迹无与伦比的历史价值。尽管建筑是一种实用工艺美术的作品,它的"移情"能力相当晦涩,但几十年的文明史以及每个人置身其中构成的建筑艺术审美意识却十分稳固。

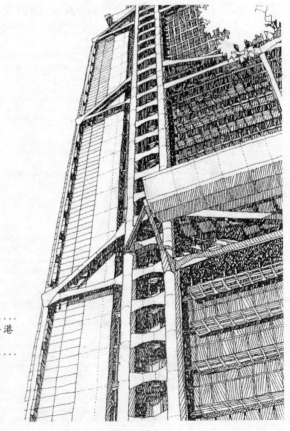

>> 永恒性建筑,香港
　　汇丰银行

二、塑造个人空间领域是
情感建筑的设计基础
Personal Space,The Design Basic
of Emotion Building

个人行为环境的内在的范围是个人空间，个人空间领域具有私密性，这个范围属于自己，是专为个人性质的私密空间。人人都有私密性的感受，希望具有一种经久不灭的安全、舒适、隐蔽的环境情调。这种私密性在传统的民居住宅中表现得最为明显，中国四合院住宅的绣楼布置在隐蔽的后院；泰国民居以逐渐升高的地坪达到最私密的卧室；秘鲁的民居前室称为"沙拉"，按友人的亲疏关系自行判断与主人亲密关系的程度，进入客厅、居室、厨房和卧室，直系的亲属才能走进最具私密性的领域。

"居所"是与人生中所有关系最密切的"情感空间"，包含着交流、亲密感和隐私。住宅中的隐私性与"沟通"、"控制感"、"认同感"有关，隐私性提供情绪发泄的场所，可以哭泣、大笑、狂歌、自言自语。要保护居所隐私的权利，避免居民从窗户直接与外面人群的联系。

人的行为理论强调，人的内部有机需求与外部社会物理环境之间有一定范围大小的关系，称为领域。有个人空间的领域，群体的领域，或者集团、国家的空间领域，不同的人类行为有不同的领域需求。由四个垂直围合的表面所包围的领域是典型的建筑空间，领域的限定和闭合的程序和建筑情感空间的创造有密切的关系。太闭塞、太开敞、或沉闷，或轻松，均与建筑空间的开敞程度有关。

　　人们塑造了建筑，后来建筑又塑造了人们，起初人们运用各种不同的手法，用大小和形状限定空间，寻求令人感动的空间领域。经过妥善处理的空间又巧妙地传递特定的情感信息使人感动，创造一个全新的领域。

　　人们生活的邻里是共享的领域，是共享也是相互公同抑制的领域，公共空间中有私人隐蔽性的需求，也有政府对场所的抑制。有社会性兴趣性组团的活动权力，也有公众共同遵守的规则，例如请到外面吸烟，或者自由参与的活动等等。

∧∧ 洗手间应是个人的空间领域

三、情感建筑的认知过程,建筑空间
在时间中展现
Time and Space

　　建筑空间的情感认知被人近距离的活动所接受,对空间的认知不只是通过眼睛,盲人步行者对空间的感受是在时间的展现中认知的。因此情感空间的认知、表现人在建筑中的活动的时间过程是时空形成的概念。事物的各方面不可能在瞬间同时表现其各个特征,而是在过程中一一展现出来,只有过程才能把握事物认知的本质与规律。人对建筑的认知是建立在思维基础之上的, 思维本身也是一个由低级到高级的认知过程。建筑师在进行建筑创作时,他也有同观赏者相似的思维过程,而且经过多次比较,无论他持何种理论观点, 他的设计总是表现为一个过程。另一方面,从建筑来看,不仅具有展示性符号的特征,而且具有推理性符号的特征。因此对其理解与欣赏必然也是一个过程。所以对于建筑设计重要的不在于理论的条框,而在于设计观念的表达过程,建筑师首先要感动了自己,才能感动别人。

　　设计情感建筑要有情感的效应, 这些效应主要有情绪、情调、移情效应,情绪的情景性强,持续时间短,容易因环境的变化而变化。例如在进入中国的庙宇之前,自有一种超脱之意,使人的情绪为之一变。情调效应提供与某种生活方式相联系的情绪体验,例如深圳华侨城建筑及景观有异国欧陆情调; 明孝陵之破败有苍古之情调;罗马的广场有历史情调等。

移情效应虽然有片面性与主观性，但仍可解释某些
微妙的情景交融现象。人的情感、情绪、心境可以使
环境"染色"，环境又可改变影响人的情绪、情感、心
境。建筑师把情感融入自己的作品，才能创造富有情
感和表情的建筑空间。

对于城市中心综合使用的概念是在中心街区之
中建立新与旧搭调的情感意象。如美国芝加哥的玛

∧∧伦敦 Embankment Place 发展计划
不同时期建筑的结合

利那城,组合了游船、旅店、商店、停车场和公寓于一
体，把老区的商业中心文脉与多样性的交通体
制——水、道路和铁路组织在一起。伦敦的 Em-
bankment广场的发展计划在铁路车站上建立一个巨
大的块体办公楼,沿着泰晤士河的一边组合了商店、
餐馆、重建的剧场和夜总会以及环绕着的步行系统,
综合使用的空间在时间中展现。

四、情感空间的结构秩序，塑造空间的层次性
Space Order and Hierarchy

所有对建筑的认知感觉均由空间的层次达到，当人们散步于有对比的建筑空间之中就产生空间的层次感，当人们走进迷宫时也有这种感觉体验。人们对空间层次的秩序感的观察是其在大脑中的反映，而非只凭眼睛所见，组织空间的层次与秩序于某种涵义之中，即是情感的表达。建筑图中的秩序的路线和方向是两度的表现，而在现实生活中的空间感觉的刺激性是三度空间的。情感设计是安排建筑部件各种要素之间的秩序关系，就像设计一把椅子也有造型、总体、文脉、形式、结构、色彩、质感、体量、尺度、象征和制造的程序等等建筑设计的要素。把物体举上去或悬吊在空中，就形成了空间，寻找结构空间的感觉，再创造出用眼睛可感触的情感建筑的环境。

应层次性反映建筑空间的秩序关系——主从关系和渐进关系。情感建筑布局要做到层次分明，在渐进的空间变化中体现层次感。从中国的传统城市布局到宫殿、四合院、园林设计等等均有鲜明的空间层次，因而能打动人心。建筑的立面处理也应具有丰富变化的层次，就像人脸上的表情，不应是冷冰冰的，生硬呆板的。

香港太平洋广场屋顶花园的空间层次划分为三种，娱乐性公共空间，中间性半公共空间，宁静性私密空间。公共性空间在于向心的、边界明确的、庞大的交往共享空间。中间性半公共空间设在公共性空

间的边缘地带，以满足一般性交往，休憩等半公共性行为，形成清晰的"亲密梯度"。私密空间为行人较少而相对封闭的小空间中，如凹入式座位、花架、树阴形成的小空间，空间的层次划分控制了人们实用上和心理上的接近程度。

渐进是重复出现的构图要素，在某一方面有规律的逐渐变化。例如加长或缩短，变宽、变窄或变疏变浓、变淡等等，形成渐进的规律，古代柱式的"收分"下大上小也有渐进的特点。渐进与重复都是层次性构成的重要要素。

苏州园林步廊

伊斯兰庙宇的一点透视

五、质感、光和色、空透感
Texture、Light and Colour,
Transparency in Light

材料质感的粗糙程度可以唤起人们对材料表面的触觉,质感能表现建筑体的多样化触觉属性。保罗茹道夫 Paul Rudolph 的作品主题是材料质感的表现,1963年的波士顿政府服务中心,耶鲁大学建筑系馆,都采用了粗石子的粗面混凝土,运用夸大材料纹理的表现手法。他设计的香港利宝大厦则采用玻璃面凸凹质感的表现手法, 由视觉引发触觉的感受是一种情感的转换。中国的传统叠石法、土包石或石包土、黄石与太湖石质感与造型的对比,日本传统叠石中运用的守护石、观音石、游鱼石、控石、主人石和客人石,都是造园中石材造形文理和质感的艺术。

光能改变质感,颜色能改变心情,光和色都能主导人的感觉, 塑造情感空间的质量,"颜色是儿童的",为儿童设计的空间更应强调色彩的运用。中国古典彩画是光和色优美的搭配, 阳光下闪烁着金色和大红,光彩耀目。阴影下的群青和墨绿,浓重而显后退。在庭园绿化中配上灯光的效果,观赏灯光下花卉的色彩,使夜晚的景观独具特色。

空透感由重叠法而产生, 在同一位置上出现一个以上的景物,几个景物在一个投影面上相遇,由于在深度方面的分离而统一, 只有表面透明性时才有这种效果。在现代派艺术中利用完善的重叠法,使景观形成透明现象,造成有趣的虚幻景象。

∧
∧ 明尼阿波利斯 IDS 大厦
菲力浦·约翰逊设计

‧‧‧‧‧‧‧‧‧
∧∧空透感
‧‧‧‧‧‧‧‧‧

六、比例和尺度、模度、人性尺度
Proportion and Scale, Module, Human Scale

　　它看来有多大？取决于建筑的比例和尺度,比例和尺度也常常是强调建筑入口的设计工具，建筑的入口门面传递给你的感觉信息至关重要。

　　和谐的比例可以给人带来美感，古典主义美的比例被称为黄金分割,即1:1.618,这种比例在视觉上最容易辨认,因而是美的。比例不涉及具体尺寸,黄金比符合一定的数学关系的最和谐的比例，因此始终是建筑师追求美的构图的重要手段。比例和尺度、模度均有密切的关系。尺度涉及具体的尺寸大小,考虑如何使建筑物正确地反映建筑物的真实大小,避免大而不见其大,小而不见其小的现象,即失去了应有的尺度感。所谓尺度即建筑的大小与人体的大小的相对关系。建筑师运用尺度的原理，可以创造出高大雄伟、精巧亲切等或粗壮或细弱等不同尺度感的建筑。

模度与自然和艺术都有关系，是柯布席耶设计的法则，模度反映在人体的比例分割上，发展了一个逐渐决定尺度的度量方法。这个推算的规律可以举一反三，从书皮设计到广场设计，运用模度可推算建筑设计中各部分之间的和谐与变化的关系。

比例尺度和模度的创作基础都是"以人为本"的，也是强调人性的情感建筑的创作基础。城市不应该是混凝土的森林，应该是人类的动物园，一切重要观赏都应在贴近视线的水平。

▲人性尺度

人性尺度的街道

七、运动
Movement

　　运动是视觉最容易敏锐注意到的现象，人们爱看活动的广告是由于眼睛受到运动的吸引，就像事件总比事物更容易引起人们本能的反应。因此情感建筑中活动的雕塑、喷泉、流水就更加具有吸引力。运动中的变化寓于时间，时间能描述变化，现代建筑理论中的第四度空间——时间性，包含着建筑的运动概念。人在建筑空间中有运动的感受，如大厅空间中悬吊的运动雕塑，在室内上空不停的旋转；各式各样水的动态的表现；摇动的吊椅；旋转的餐厅；行动中步移景动的透景花窗，都能吸引人全神贯注。

　　运动的体系在人们的生活中无处不在，包括你的搬家，你在走道中与各个房间的内部联系，围绕你的邻里关系活动。例如，我是怎样进入这个城市的，到达市中心的导向性，都可以设想是生活中的一个庞大的运动体系。

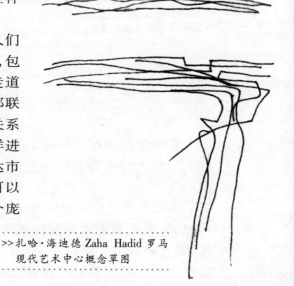

>> 扎哈·海迪德 Zaha Hadid 罗马现代艺术中心概念草图

∧∧ 动态雕塑 卡德尔作

八、象征
Symbolic

象征是运用符号和标志在建筑环境中直接和人的联想有关的极为有用的手段，能够提供一种隐喻的力量，象征性不是随意性的符号，而是陈述某种特定的含义。象征主义建筑属于晚期摩登主义，是雕塑形建筑，夸张和直喻是其显著特点，始于20世纪60年代，带有表现主义倾向。它运用薄壳、悬索等大跨度结构体系，其成功的设计往往是外形与结构的完美统一。它的单纯而又直观的形态往往引起人们的丰富联想,曲线、曲面、重叠、力的表现和音乐般的旋律与节奏均可创造出高度的审美情感。它充分运用混凝土的可塑性,以其巨大的体量和形态比喻的雕塑特性,使建筑成为一座纪念碑。其中最具代表性的建筑是耶尔·萨里宁的作品,如TWA航空港,像是一只正要起飞的鸟。悉尼歌剧院像座白色的帆船,也是象征主义的作品。象征主义的作品是用建筑语言解说

<< 华盛顿纪念碑

人人伊斯坦布尔 Haga Soya

的最基本捷径。表现象征信息的方法很多,如把建筑的文脉贴到墙上作装饰符号,记事,墙上的画,功能性的符号与符号的功能,把建筑作为城市的装饰,都是象征主义与建筑符号学的运用。

圣路易密西西比河上的不锈钢的大拱门是通往西部的象征;玛哈尔陵是印度的象征;麦当劳的黄色M成为吃快餐的象征;大拇指向下,则告诉别人我在这里。

九、自然
Nature world

　　设计家要尊重自然、研究自然、摹仿自然,同时建筑处理必然要对自然做必要的选择和加工。建筑对自然要忠实、不能背离自然,也不可能改变大自然的整体,把建筑与自然完全沟通起来。建筑设计要充满对自然与生活的感受与理解,自然界中的各种物象都是人们观察与思考的对象,建筑大师赖特的每一件作品都是全心地扑进大自然之中,"有机建筑"即要求在自然环境中探索情感建筑的妙谛。从古典主义的以建筑主宰环境,发展到现代主义把建筑寓于大自然之中,或把建筑从属于大自然环境,经历了一个世纪的进步。

　　自然是建筑环境的文脉,建筑的情感在自然环境中的充分表达是建筑的内在属性。因此,自然是情感建筑设计的基础,环境影响建筑情感的表达。天津的水上公园原来是在旷野中的郊区公园,有天然环境的陪衬,如今已被围合在市区的内部,变成了一处城市公园,失去了原有的自然环境基础。所以现在如果仍以过去的理念要求,无论怎样改造也达不到原来郊区公园的那种感染力,因此天津水上公园的改造必须重新定位。环境与自然的构成包括建筑的室内和室外,人类也是大自然中的一部分,在情感建筑中纳入自然环境是建筑师对环境应负起的责任,同时也是建筑师面对的未来的挑战。

　　大自然在变化着,人的生活也在改变,人生活在变化之中,改变是历史的文脉。当你重访一座城市,重访你住过的邻里，就连树木也都变了样，大自然对我们建筑师最大的启示就是一切都在变化着，称 Deling with Change。

∧∧∧ 北戴河海滨

∧∧ 高迪设计的教堂

十、人类的行为与情感建筑
Human Behavior and Emotion Architecture

　　空间环境影响人类的行为，在环境设计中要研究人的行为，例如设计门的把手，是左手开门右手提物、还是右手开门左手提物，农民住家的门要向里开，便于背着粮食推门而入。在设计中要运用行为科学，满足人类自然本能的需要，人类有饮食的需求、私密和安全的要求，都在情感建筑的关注之列。人以各种行为参与社会活动，人的行为与人的性格也密切相关，发于"内"而见于"外"。即人的性格表现在他的行为举止上，"言为心声"、"言行一致"，构成人的行为美。广义的行为包括日常生活、社会活动等许多方面，都具有社会意义。环境设计所关心的行为评估，带有广义性，包括研究人的思想、爱好、态度、作风、举止等影响规划布局与建筑设计的行为要素，统称为行为建筑学。

　　任何建筑要考虑以下的几种行为特征：

● 友谊的建立。

　　例如二家合一的楼梯，平台可视为邻里交往见面打招呼的场所。教学楼的宽走道是学生换教室时的友谊交往空间。

● 空间中的成员组合与划分。

　　教学建筑中考虑席明纳尔(Seminar)讨论会时分组的分与合的灵活性布局，宴会厅中的分桌与合桌的组合灵活性。

●建筑中恰当的个人空间的领域。

人际亲密的距离,个人间的距离,组团间的距离,公共场合的距离,社会活动的行为距离。

●行为个性领域。

建筑中私人财产领域的占有,集体领域的占有,个体与个体之间的空间领域的界定,领域的边界,组团的领域,空间交替的领域,对不同领域责任感的建立。

●人际交流的建立。

个人之间的交流场所,灯光与座位的合理安排为交流创造理想的条件,某些情况灯光要照亮人的脸部,并提供良好的交流的视听条件。标示和信号是建筑中的交流信息,告诉这是什么,电话或厕所在哪里,我怎样进去,里面是什么,我将如何被别人接待,等等。

●安全感。

提供各种危险发生时的清楚的指示,对落物的危险,碰撞的危险,对偶发的事故有所警惕才会感到安全。

>> 墨尔本 1836 年城市街区划分(上)
19 世纪的次级划分(中)
20 世纪的土地重划(下)

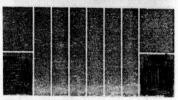

836 city block plan

9th century subdivision

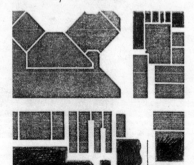

^^水井是生活庭院中的行为中心

十一、设计情感建筑就是设计人性的场所
Design of Human Place

1.生活在一起Living Together

● 在家中。

享受个人的空间要有避免强制进入的安全保证,保证儿童的安全,家务的安全。限定家庭领域的边界,双亲的领域,家庭共享的领域,家庭休闲及私密性的需求得到满意的答案。提供每套住宅都有室外的花园和户外活动的区域,建立家庭间的友谊,减少发生磨擦的根源,如下水道堵塞,烟道不通,噪声和视线的干扰等等。增加抒发高兴的见解和有益的接触的空间,如共同参与的晨练,住宅入口的处理要让邻里都能看得见,可以互相关照。在宅前区域提供舒适的座椅, 在父母看得见的区域提供儿童玩耍的场地。后院或边院的保护措施要有安全感,车库和私家汽车的通路要有私密性。

● 在公寓中。

公寓避免过长的双面走道是为了防盗和安全感,每个单元要有自己的"入口"。房客通过走道内的入口能看到外面以及下面的停车情况。要有明显的为公寓服务的领域,界定共享的空间,公寓中的个人空间、双亲空间、休闲空间要有私密性。公寓的组合单元可围绕着楼梯电梯,以建立小型的分散的友谊交往空间。公寓的交通可集聚到一个入口,形成问询管理中心。公用的服务职能,如洗衣房等也可设在入口的附近。还要提供一个公用的前室式的休息厅,以及一个安全的区域为儿童游戏。

● 在公共宿舍中。

公共宿舍的组合单元入口可围绕着一个楼梯或电梯井,交通流线只通达入口,避免环形走廊或过长的廊道,以保证安全感。要清楚限定公用领域的边界,并方便的通达各个居住组合体。要建立房客之间友谊联系的领域,提供方便的面向公共交通的出入口。附加在入口处应提供社会活动的前室及服务区域,职能区域,并可在交通集中处布置公共厕所和浴室。

● 在邻里中。

限定邻里的边界为居民所知,邻里的命名为社区所知。住宅之间不应显得太近或太远,住宅的结构材料和建造方法为公众所接受而且耐用。有良好的维护与维修服务,邻里要有愉快的外貌环境。

在邻里中建立短街区的路网,以改善人流并建立友谊交往的路径。

∧∧ 热闹的人群

＾＾游行

2.工作在一起Working Together

　　根据使用空间中人员组编的情况，要有灵活改变的可能性。个人的工作场地的外貌与礼仪十分重要，有来访者停留和等待的场所，不同类型工作场所应有清楚的界定划分。

　　组合成员的工作领域是共享的工作场所，要清楚界定工作成员之间的边界。小型的工作组合要有适合集体进出的交通组织，也要为全组提供看得见的聚焦点，为全组集合使用的空间。

私人的办公室要提供个人的存贮家具、资料柜，还要确保视线和声音的私密性。面对进入的门，精美的装修个性化，职业外貌和礼仪都是重要的，来访者停站的地位布置也很重要。

^^繁忙的设计事务所

锯木盖房

第七章 情感建筑 / 307

3.开会在一起Meeting Together

会议室是专为频繁的人际交流而设置的，每个与会者都要能看见到会人的脸，都能面对讲话的人，都能听得见、看得见展示的内容。6英尺直径的圆桌可容6~7人开工作会议，10英尺直径的圆桌能容10~12人。如果会议桌长端大于20英尺则需扩音设备，当大组多排座位时，附加的后排座需提高。一般会议室都要求有展示和陈设的设施，马蹄形会议桌比圆形更有效，会议的照明应为无影灯，使背景没有闪光。提供安静的会议空间，控制噪声在人声以下。

灵活多用的会议区域，保持分组小会有合适的距离，桌椅和设备易于搬动，照明可灵活安排为不同规模的会议使用，声

<< 工人大会

^^美国国会

音控制也可适合不同会议的需要。

　　如果考虑表演则应重视对观众的看和听的要求。在表演区提供描写表演细部的陈设，表演区对观众应是开放的。要提供表演的说明和节目单，有些节目可在观众中表演，舞台的入口要关闭，前厅要开放。地段的安排要考虑交通和疏散，与平时的人流互不干扰。

4.学习在一起Learning Together

　　要保持学校中的学习组团小单元，建立学校中的社会活动中心，新闻及咨询中心。同时为社区和非正式学员提供学习的机会，对每个学生个人提供带锁的橱柜存物箱，和其他个人空间。

　　学校建筑要建立清楚易懂的平面形式，和清楚易懂的教学建筑命名和号码，在主要入口处设置"你在此地图，校园中要有优美的景观。校园的开放空间

^^中外学生讨论设计方案

应强调公共性。创造室外的学习区域，空间可与附加的建筑结合，如前廊、前院、后院，要有明显的路径交通，减少校园犯罪和恐惧发生的可能。

创造教室周围良好的环境，使教学效果更有效，座位可以活动组合成多样的交流中心，教室的空间领域和其他空间之间要有清楚的边界，在教学区之间要建立声学的分隔地带。

图书馆要有明确易见的标示，能在心理上明确入口的方向，入口大门内安排咨询中心和"你在此"的地图，标示各个部门的符号及有关书目的分布。有的领域提供单人座位空间，也有为组团研究的特殊单元。有的领域提供共用的桌子，图书馆的中心领域对各分区部门的控制作用十分重要。

5.购物在一起Shopping Together

　　购物是日常生活中家务的需要，有许许多多频繁永续的购置项目，购物者立刻得到需要的物品才满意。顾客对待商店的行为、共享、休闲以及参加其他社会活动都有许多共同的特点，商业场所也是一种社会交流场所。

　　商店设计首先要有明显的入口标示，某些购物行为要提供必须的等待座位，要提供为儿童的，为老

^^^秘鲁万卡约山区集贸市场

<< 日本的菜市

年人和残障人不同形式的服务。

　　人们喜欢精美的食物，在餐饮中共同庆贺和欢乐，生活中的食品服务必须建立一种完善的清洁的流线。在餐饮的场所要提供足够的等候地区，并能看得见饮食区域，在与餐饮区之间可设置一个摊棚小卖的区域，餐馆中的桌子摆设也提供居民之间社交活动的场所。

6.保健医疗Health Care

　　如果有足够的用地，在所有的边角处应竖立带有照明的立柱指示，用门拱或照明信号明显的标示病人和访问者的入口，要有高大显眼的入口特征。入口及流线安排非常重要，应提供接待和问询中心、长排的座位等候区，避免工作人员严厉的态度和官僚作风。

∧∧美国费城汤姆斯杰弗逊大学医院

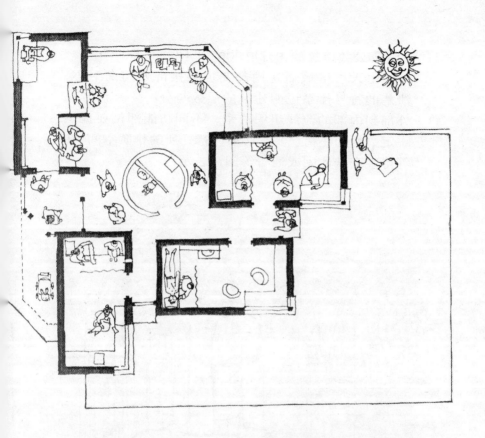

△ △ Oxfordshire 手术室平面示人
的与私密性空间

　　医院建筑的平面布局要让陌生者容易识别，要
安排一系列的"你在此"的地图和方向标示，靠鲜明
色彩的象征符号体系引导人们在医院中穿行。病人
的领域和公共活动的领域要有清楚的界定，医院的
外部空间的使用应区分病人、儿童病人、访问者、职
员的路线及外部景观。

第 七 章 情 感 建 筑 / *315*

7.公共建筑的内部Inside of Public Building

　　由入口区域通达内部要提供接待处问询中心，清楚的符号体系说明建筑的层数与分区。来访者从外部到内部的流线组织清楚，不同功能部位要提供一定数量的座椅。要有必须等待处所的排队空间，在等待室安排休闲或通告等阅读告示。

27.5.90 Craigiturr Castle.

∧∧古城堡内景

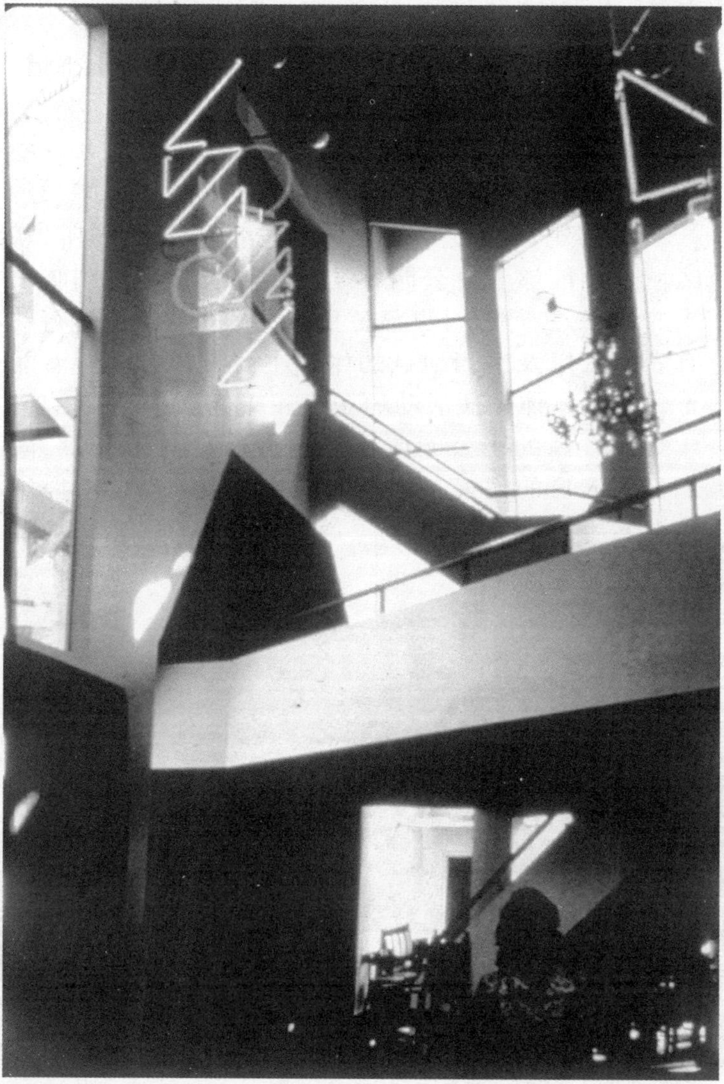

^^加里弗尼亚大学教工室内俱乐部
查理斯·摩尔 1969 年作

8.公共建筑的室外Outside of Public Building

公共建筑的室外常设置为当地居民服务的公园。在限定的区域内集中活动,有通顺的公园步行交通,优美的视景,专为儿童设置保护区域。

公共建筑的室外也是建立友情的公共场所,从区域外面能够看见公园中的活动。有穿过公园吸引人的近路,步行道可贯穿各种活动的区域。沿步行路有表演区以及适当地点的休息座椅,并有为观看非正式社会团体表演活动的场地和座位点。

地方性的小公园应让任何人可以自由穿过,限定公园入口的位置,每个入口处设问询处或有介绍

∧∧加里弗尼亚大学克雷斯吉学院 查理
斯·摩尔 1973 年设计

<<香港九龙公园

相关邻里的牌示或地图。

　　在街道上，在车行与人行之间用栅栏分开以保安全,控制频密的穿过性人流,设置为行人使用的交通信号,铺地的质感可提醒行人注意交通安全。

　　公共建筑室外的边角处要设置"你在此"的标示地图,公交车站要有路线地图和列车时刻表,循环行驶的公共车辆方向标示格外重要。

　　商业橱窗线要整齐,保护新闻和社区交流的板报区域不被商业广告侵占,人们要有安全的站立或坐在街道路边的场所。

十二、有情的建筑，理性主义与解构
Emotion Building, Rationalism
and De-Constructionlism

1.流水别墅

赖特善于利用材料的自然特点来创造出感人的气氛，坐落在水边乡野的流水别墅靠各种材料的充分表现，将建筑物的生机融入了山林流水瀑布之中。这栋住宅是为彼兹堡百货公司经理建筑的，是赖特最有诗意的作品，也是表现罗曼蒂克之作。他崇尚大自然和古老的返祖意念。住宅建在山石和流水之边，

△△流水别墅

△△△ 用单线表现材料的质感

壁炉在住宅的中心,承重的石礅托着楼板,巨大悬挑的平台从石头的壁炉中伸延出去,瀑布流水就在房子的底下。开阔的挑台把视线引向前面的风景,简洁的空间构图与玻璃透明窗和谐而优美,室内空间跨过平直的栏板,伸延到山林中去。可塑性、连续性的结构在大大小小的石头丛中,在树林和流水瀑布之中,其所具有的那种情节性的表现力感人至深。

2.巴赛龙那展厅

巴赛龙那展厅很小，一层的珍珠式的袖珍建筑是米斯万德罗（Mies Vander Rohe）的成名杰作。屋面像是放上去的一片宽大的石灰石盖板，下面是长条形的黑色玻璃，建筑的一部分靠近水池。设计要素只有一片柔和的水平屋面板，用八根十字形断面的铬片钢柱支撑，屋盖下直接连接大玻璃和大理石墙面。空间之间全是空透的，用玻璃划分室内和室外，室内仅有的陈设是几把米斯设计的巴赛龙那钢管皮面椅。隔断墙是两片背对背的腐蚀花玻璃，光源设在玻璃中间，晚上墙面是光亮的照明板，展厅墙的划分是抽象的直角构图，平面就像德斯特吉尔（Destijl）风格派的绘画。最精彩的是展厅一端以绿色梯尼安（Tinian）的大理石墙围合着的一个小雕塑庭院，沿着黑色玻璃的侧面有一个倒影水池，池中摆着吉尔格·柯罗布（Georg Kolbe）做的女像。由于材料质感的与空间的效果，创造了一处受公众喜爱的空间范例，被

△△巴赛龙那展厅

建筑师、雕塑家、艺术家们共同赞赏。由于它的动人
的艺术成就，使它对全世界摩登建筑运动产生了惊
人的影响，历史记载下了1929年米斯在巴赛龙那建
造的这个具有时代美感的不朽之作。

第七章　情感建筑 / 323

3.朗香教堂

朗香教堂是柯布席耶(Le Corbusier)建筑事业中的一颗明珠,在威斯吉斯山顶上。粗犷的朗香教堂把人们带进了可塑性的艺术般的形式和雄辉的材料质感的情感世界之中。那深深的不规则的空间形式,厚重的曲线可以取得一些声学效果,墙上的缝洞式窗户,如同地下陵墓中神秘的光留在室内,或像中世纪

朗香教堂内景

厚重砖石修道院，在这种黯淡之中使人意识到昨天或明天的幻想。柯布说："这种取悦于人眼的光的变化是与数学物理控制所不能形容的形式美、和谐、重复、相互依存，创造一种柔和与稀薄之感的精神现象，并和室内的声学效果融合在一起。"朗香教堂的艺术特征是一座雕塑艺术品的表现力，他完成的建在山顶上波浪般的混凝土朗香教堂是创造"有角的诗歌"。

古典哥特式的巴黎圣母院和朗香教堂同样都是教堂，却表达了两种心境，建筑是有感情的。建筑空间反映现实的社会，现实的宗教思想，也是不同时代、不同社会历史背景下人们审美价值的不同取向。

<< 法国朗香教堂和马赛公寓墙上浮雕的人体比例度

4.柏林犹太人博物馆

丹尼尔·李别斯金(Daniel Libeskind)设计的柏林犹太人博物馆是闻名世界的情感建筑，充分运用黑暗空间及灰空间和坡地走道的隐象诱导式的平面曲折布局，令人产生丰富的想象，渲染神秘的空间环境。从暗空间与人的关系来看，当把环境中的人从"部分"转为整体时，在黑暗空间中，由于减少了受外界条件的影响，单一纯净的空间环境使人进入内心深处，感受内心的变化。在黑暗空间与情感、人三者之间，由于层次不同，着眼点不一样，对人的情感产生的影响也不尽相同，不论是外界条件的影响还是自身的沉思，黑暗空间对情感的触动都是强烈的。在博物馆参观结束之前，人们进入一间竖直的黑暗的烟囱内，关闭大门的一声巨响，使人们如同在黑暗的井底沉思片刻结束全部参观。

博物馆近旁有一处室外花园，方格形的斜坡地面布满规则的方柱，间距相

<< 柏林犹太人纪念馆外观(德)

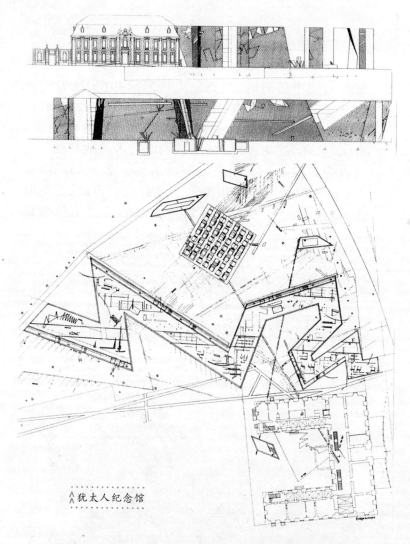

犹太人纪念馆

等,人们穿行其间,由于地面是斜的,柱子是垂直的,使人感到头昏眼花,必然走到栏板处沉思休息片刻,产生无限联想。这表现的是犹太人在世界上步履艰难的人生道路,每根方柱上面都有一棵小树,表示犹太人在世界各地都能生根成长。

5.悉尼歌剧院

　　杰尔·伍重(Jorn Utzon)设计的悉尼歌剧院坐落在班尼朗半岛海湾,与长虹大桥隔海相望,地处四面八方观赏视线的焦点。屋顶造型格外奇特,以钢筋混凝土肋骨拼接的两组壳体屋面给人以丰富的联想,白帆、贝壳、莲花、海浪……给人以艺术美的享受。它已成为世界上令人向往的旅游胜地,悉尼的城市标志。悉尼歌剧院被誉为象征主义的代表作品,它的曲线、曲面、重叠、力的表现和音乐般的旋律与节奏创

∧ 伍重的意向草图

造了极高的审美情趣。

6.大卢浮宫

玻璃金字塔可能是此项接建工程的最佳表现形式,体现了现代文明对历史的尊重,对现实的诚实和对未来的希望,是贝聿铭在世界建筑艺术史上的重要一笔。它的存在目的是挽救陷于衰败边缘的卢浮宫,使其重新焕发出昔日的光彩,选择地下扩建的方案,最大限度地保护了历史性古建筑。其以玻璃金字塔置于广场中央作为醒目的入口标志,工程目的性十分贴切,玻璃金字塔熠熠生辉,引人注目。它是今日的形象,它又在此恰恰表示对昨日的回忆。

^^大卢浮宫　贝聿铭设计

7.北京国家剧院方案之争

从各界反映来看,一是认为设计方案追求形式,比例尺度失调,二是建筑风格与该地区的故宫、天安门等格格不入。一个地区的建筑在人们心目中扎根后,一点小的变化会对人的情感带来巨大的影响。中国传统建筑文化历史尊重环境,表达拥有相当文化深度的情感。有人说在天安门广场旁边出现一个与周围不协调的建筑反而能体现北京这个国际大都市的多元化文化,可见即使认同安氏方案的人,也不得不承认它与周围环境不协调。可见大剧院并不一定不符合国人的承受心理,也不一定不符合北京城市总体规划的精神,正如西柏来大学艾伦布勒姆博士所说:"我们有责任为后代维护这个城市的美丽、发展,也不能以牺牲城市特有个性为代价。"

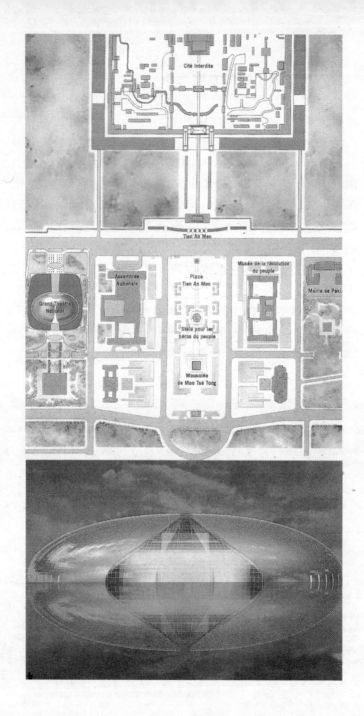

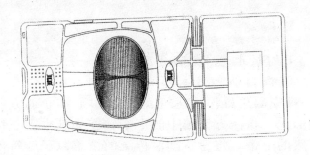

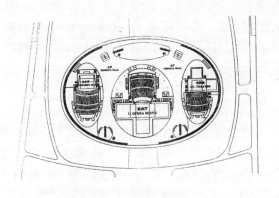

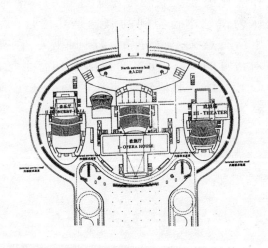

8."风、水、光"之教会三部曲

崇尚自然为日本传统观念,自然中的"风、水、光"被安藤忠雄作为建筑表现的主题,结合西方的教堂形式,将西方天国中的上帝转变为日本人心目中自然的上帝。将建筑师对传统的情感赋予建筑创作之中,光平的混凝土墙,这一纯建筑词汇在建筑师精心的安排下,施展出塑造空间的非凡能力。它的延续、转折、开合制造出空间的千变万化,冰冷的混凝土在建筑师的驱使下散发出动人的激情,且妙不可言地把雾、雨、风和阳光作为设计要素运用其中。从安藤的作品中可以体会到日本传统农舍的和谐性和日本数寄屋的美学意识。

安藤追求"意义"的抽象表达,注重基地环境、气候条件、风俗习惯对建筑的影响,但却不像后现代主义者那样在表面上大做文章。在安藤利用混凝土和光营造的几何空间中,你可以体会到许多东西:日本人含而不露的气质;数寄屋的氛围;深奥的内涵;禅宗美学的意境。他以现代主义抽象的手法表达地方特色和文化内涵。安藤提出了建筑的"情感本位空间",认为情感本位空间的概念是功能性的,同时对日常生活有意义,与精神的深层面相关,在普通空间中注入新鲜的气息,使之变得活跃和有生气,并与观者的心灵对话,所以情感本位空间才在生活中具备象征意义。

>> 安藤忠雄设计的
意大利 Treviso 制造厂

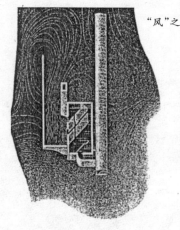

"风"之教会

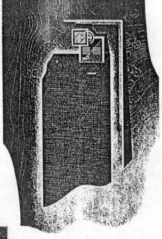

"水"之教会

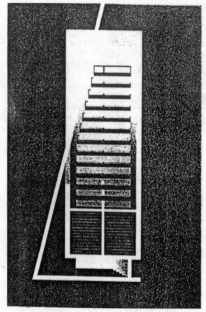

"光"之教会

<<"风、水、光"之教会三部曲
安藤忠雄设计

9.理性主义

意大利理性主义产生于20世纪30年代，目标是既要表现当代又要唤起对历史的回忆，试图用一种抽象的语言来传达历史和民族文化。一个极端是把现代建筑小心地加上古典装饰，另一个极端则是方盒子干净简洁得异乎寻常，阿尔多·罗西(Aldo Rossi)就是这一派的代表人物。罗西的作品表现出灰色的清高和沉着，使人感到冷静,他的吸引力在于他延续了历史文化,他认为完全使时代复活是不可能的,试图以最简洁的表现去包容时代,包容过去和包容将来，从而成为永恒。罗西采用符号学的方法作为设计的主要手段。他的建筑的优越性将随时间的推移而在人们的回味、期望和幻想之中慢慢展现出来。

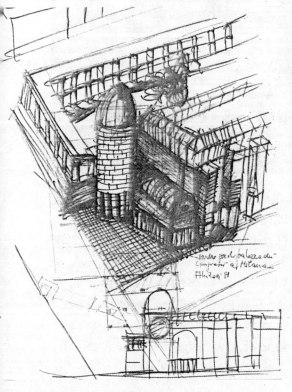

<< 建筑大师阿尔多罗西的意大利米兰柏拉竹议会构思草图,1988年。

>> 荷兰玛斯特里
赫艺术博物馆
罗西作

　　罗西追求形式的永恒和表现传统的城市精神，他运用类型学的理论方法，重新论述了阿尔伯蒂的观点："建筑是一座小城市，城市是一座大建筑。"建筑单体与城市的关系是双重的，当建筑个体插入城市之后，整体性单元就变成局部性物件，形体之间发生关系，个体被赋予双重身份，即建筑个体本身的表现力与建筑个体在城市脉络中的地位与作用。当代类型学把城市当做元素集合的场所和新形式产生的根本，这就产生了"城市——建筑"的观念。

10.解构

札哈·海迪德(Zala Hadid)认为面对建筑的结构和功能可以追求无结构与无功能的设计。因此她要创造一种有强烈对比和主题的两次空间。她对墙壁、照明箱、楼梯、桌椅和室内其他要素做抽象绘画式的自如运用。这种解构的方法使她的作品具有强烈的自由空间的流动感，她认为这才是新世纪的设计精神。她设计的香港Peak club俱乐部运用了分层解构技巧，从九龙盘旋至山顶，她的设计被形容为一座水平式的摩天楼。她设计西好莱坞公共中心时，在草图初稿中把此中心分块，产生了全新的闭合与开放的空间构图。

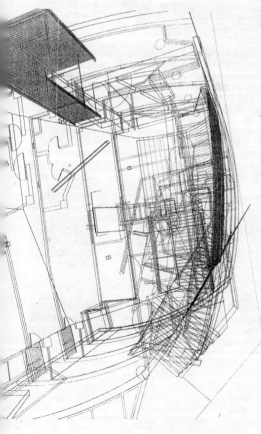

<< 解构图解

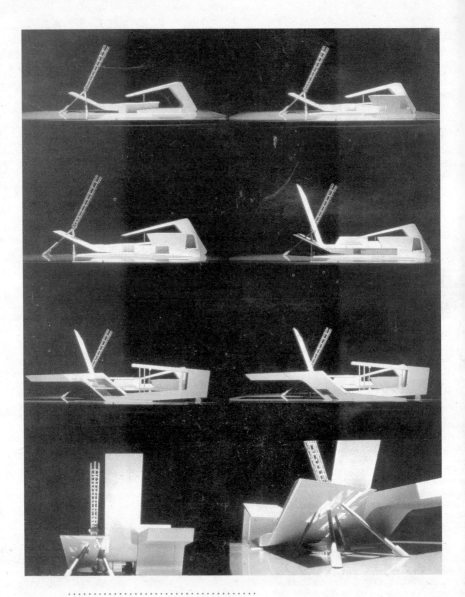

△△ 札哈·海迪德设计的英国千年拱中
的"心灵领域"

11.从萨伏耶别墅到道格拉斯住宅

作为现代建筑开创者柯布席耶的萨伏耶别墅是空间形体光线的一种全新概念的产物，实现了给居住者基本欢乐和活泼的人情味。迈耶（Richard Meier）作道格拉斯住宅也在空间形体和光线上做了自己的尝试。萨伏耶别墅是概念上的产物，显示出强烈的内向性。道格拉斯住宅是基地上的产物，把自己的精致住宅犹如一件雕塑放在林木葱翠的斜坡地上，树木、湖水、变幻的天空装饰着纯净的建筑，显示出强烈的外向性特征，这里迈耶创造了一种典雅诱人心弦的旋律，在空间形式的探索上，迈耶比柯布席耶走得更远。

∧∧ 勒·柯布席耶设计的萨伏耶别墅

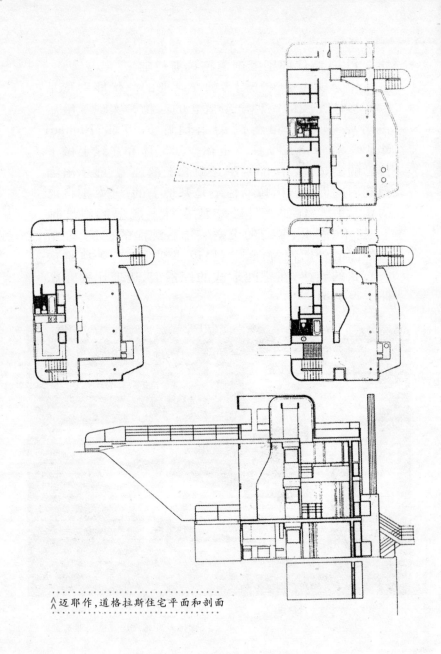

迈耶作,道格拉斯住宅平面和剖面

12.柏林索尼中心

2000年初建于柏林波茨坦广场上的索尼中心建筑面积约21万平方米,赫尔穆特·扬设计。此处二战时期遭受毁灭性轰炸,后又筑起柏林墙,索尼中心既要修补东西柏林分治导致的城市空间结构的碎裂,又要使之产生城市积淀和场所精神,其对市民的深层记忆,有潜移默化的作用,为柏林市民提供了一种全景式的情感空间。裙楼围合的"论坛"脱离了现代都市的喧嚣嘈杂,曲直交错的步行街,使人联想起柏林中世纪和巴洛克时期。尺度宜人的城市街坊,穿行其间,参与者和旁观者没有主次的区别,活动与事件类型的本质成为联系过去、现在和未来的记忆线索。穹顶中央有9米开口,市民在享受现代技术所提供的室外屏护的同时,也能感受自然的晴雨变化,体验一种全天候的露天广场的精神。

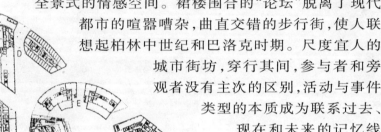

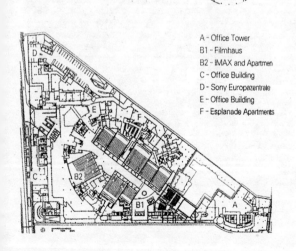

A - Office Tower
B1 - Filmhaus
B2 - IMAX and Apartmen
C - Office Building
D - Sony Europazentrale
E - Office Building
F - Esplanade Apartments

∧∧ 索尼中心内景

第八章

情感空间中的
环境要素

　　情感空间的多样化不仅表现在人的生活活动方面，同时也必须以空间中的物质材料作为体现情感空间的基础。构成情感空间的有物质材料要素和精神心理要素两者的交融。

1.线和韵律的组织Line and Rhythm

　　线的组成有视觉心理方面的要素，如封闭的，近似的、对称的，有含义的线的组织等，线所形成的韵律可以构成有情节性的节奏。

Λ法国斯特拉斯堡停车场站设计的概念草图
札哈·海迪德作

线的雕塑

（左上）生活 Ⅱ

（右上）生活 Ⅰ

（左下）韵律 Ⅲ

（右下）声

2.色彩 Colour

色彩充满感情的要素,暖色和冷色、安静的、热烈的、柔和的、欢快的、肃穆的、庄重的、晴朗的、灰暗的,色彩的搭配唤起情感的共鸣。色彩组成了大千世界,例如粉红色的特性象征亲切温柔,充满着节制、柔情、羞涩、含蓄、永恒之美,是女性美的色彩表示。色彩如一种无声的音乐,如果你喜欢上某种色彩,那么这种色彩将是你性格特征的写照。

● 色彩和形式。

巴黎德方斯中心广场上的一座灰色的矩形建筑在侧面的山墙上各画了两条曲线,由于视觉的错觉,看上去就像是一座两旁曲线的建筑。

● 色彩的度。

∧∧中国古典建筑旋子彩画

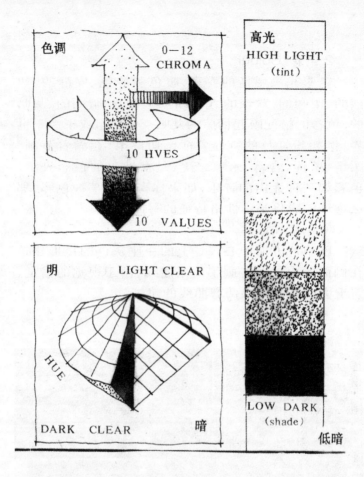

美国华盛顿国会图书馆的大厅中，绿色的玻璃天顶透射下绿色的光芒，使大厅中的树木、池水和山石都笼罩着一层绿色的光，使环境色彩达到了另一个深度的境界。

● 色彩心理。

纽约街头平板的山墙上用红白蓝三种颜色画的锥体，由视觉的色彩造成的错觉，看到的感觉好像是一面许多锥体突出来的立体山墙面。

3.光和影 Light and shadow

著名建筑大师勒·柯布席耶在《走向新建筑》一书中提道:"建筑是对阳光下各种体量做精练的、正确的和卓越的处理。我们眼睛天生就是观看光照中光与影烘托构成的形象。立方体、圆锥体、球体、圆柱体、金字塔等,都是光所突出表现的主要形体……如果体量与空间的关系有正确的比例,那么眼睛就会把相应的感觉传递给脑子而得到一种高度的满足,这就是建筑艺术。"

离开墙面的雕塑可以表现影子的变化,影子落在墙上随时间而移动,就像中国云南民居的悬鱼和博风板落在山墙上的阴影。纽约大学一片山墙面上的抽象浮雕是用铝片悬在墙上的叶片,象征着一批批的学生就像秋天散布在空中的红叶,一批学生毕业了,又有一批新的学生。

● 闪烁的光线。

光线透过小窗棂、格架照射到室内显得格外柔和亲切,教堂上玫瑰窗透过彩色玻璃的光带有神秘的色彩。天顶上透下的光,罩上层层的方木格架,显得大厅中光环境的重点达到高潮,明尼阿波利斯的IDS中心大厅中就是采用的这种手法。

空透感隐约可见,是启示人们想像力和扩大空间深度感的重要手法。

● 明暗的图案。

伊斯兰建筑的花窗;步行长廊的阴影;香港九龙文化演艺中心倾斜的外廊空间建立的建筑空间的明暗效果;中国地下窑洞空间中明暗的转换,都构成强烈的明暗感情印象。

<< 背光的柱廊中的光与影

>> 苏州园林花窗光影

4.夸张Artistic Exaggeration

夸张是后期摩登主义非常流行的设计手法,常把老式的、具有传统文化含义的建筑部件进行夸张后,置于新建筑的部位,使这个夸张的建筑部件变成新建筑的构图中心,其效果非常显眼且在建筑处理上能达到事半功倍的作用,给人以深刻的印象。在尺度和形状上的夸张与变形已经成为表现某项特定情感主题的重要手段。

<<巴西利亚教堂结构

∧∧ 虫眼看室内
　罗马潘太翁神庙内景

5.暴露Exposure

暴露也是一种情感的表现,60年代末韦伯布朗德(Weber Brand)设计的欧洲最大的亚琛医学研究院是一座钢铁的大楼,所有的管道结构构件全部露明在外,分别涂上鲜艳的油漆,看上去像一艘巨大的轮船或是一个巨大的钢铁的工厂。随后1976年皮亚诺(Rengo Piano)设计的巴黎蓬皮杜艺术中心也是把所有的建筑设备与构件暴露在外而轰动一时,触动了人们要审视一切的那种情感。

<<蓬皮杜艺术中心

巴黎蓬皮杜艺术中心

6.乡土和思乡的　Vernacular and Nestalgia

乡土建筑是人类建筑文化的宝库，乡土化设计也是发扬地域文化的方向。贝聿铭设计的北京香山饭店的主题是表现苏州民居与园林的乡土特色，荣获美国AIA乡土建筑奖。世界各地的传统民居是乡土地域文化的代表。

思乡的感情是以传统、历史、民俗与乡土文化为背景的思念家乡情感的追求。德国的茫丘小镇，山清水秀，所有的房子全都统一在德国民居木构白墙石板瓦顶的乡土风格之中，石砌的铺面，街边淳淳的溪流，教堂的钟声，人们似乎回到了中世纪的历史情节

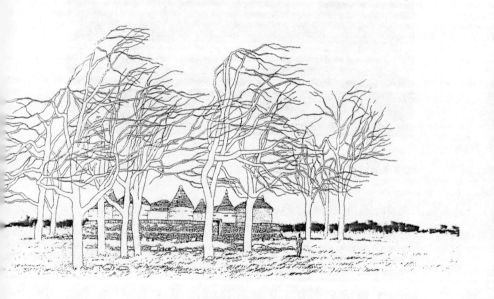

∧ 非洲喀麦隆乡村

^^贝聿铭设计的北京香山饭店

之中,不能不触动旅游者对自己家乡的怀念。

查理斯摩尔(Moore)的作品美国新奥尔良的意大利广场之成功,在于他运用了意大利罗马的许多建筑符号,有意大利地图;罗马的名建筑的抽象代表;罗马的名餐馆;罗马的典故故事等等,启示了当地聚居的意大利移民的思乡的感情,因而喜爱这个广场,形成一处情感空间的杰作。

7.童年时代 Childhood

童年是人生的幸福时刻，人人对自己的童年都有甜蜜的记忆。人们对生活区中最深刻的印象是那里的儿童游戏设施，欢乐嬉戏的儿童是居民生活区生活质量的表现。

在家庭中小孩宁愿呆在大人的房中，也不愿独自呆在只有玩具的房中，他们最感兴趣的是各类空间中所发生的各种人的活动，而不是建筑空间本身。幼儿时期对空间事物形成初始的概念，以自身为标尺对空间认识是直观的，在儿童绘画中体现了儿童对空间的认识。幼儿的天真无邪，对世间万物抱有美好的向往，要为他们创造一个宽敞、明朗、极富遐想的空间环境。

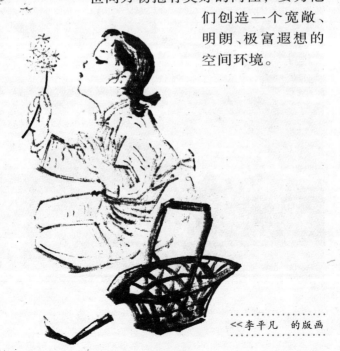

<<李平凡 的版画

△△△洛杉矶迪斯尼乐园

8. 有意义的事件与纪念性 Signicant Object, Monumental

怀念曾经发生过的有意义的事件，是发挥情感的重要要素，它不像纪念性那样有特定的纪念涵义，这些事件可能会引起某种联想或感情的共鸣，例如珍妃井，北京景山崇祯上吊的歪脖树。黑川纪章设计的澳大利亚墨尔本的Sogo百货公司，把一座古代的砖砌灯塔用玻璃尖锥顶扣在大厅的中央，使建筑充满情趣。遗憾的是天津的新安广场百货商店建筑场地上原有一处元代的水井遗址，却被简单地埋上了，没有利用有义的事件来提升建筑的情感意义。

纪念性是人类重要的感情要求，纪念建筑和纪念碑是世界上重要的建筑设计类型，也有太多的平庸作品。柏林的二战纪念教堂是成功的一例，其保留着二战期间被美军飞机轰炸毁坏的市区教堂作为纪念。驾驶员由于误炸了这座教堂而自杀，使得这处破烂的遗址更有深刻的纪念意义。美国的富兰克林纪念馆的设计也别有情趣，纪念馆建在原富兰克林故居的地下，地上则按原故居的住宅楼外轮廓线做成钢筋混凝土的框架，成为进入地下纪念馆的入口标志。

越战是美国人民心中的隐痛，华盛顿越战纪念碑，在草坪上切开一个人字形的切口，纪念人流沿着镜面般光滑的黑色花岗岩石墙越走越低，向墙上逝者的名字献花、悼念。没有狂热的英雄主义，只是纪念和反思，设计者对民众情感的把握很是准确到位。

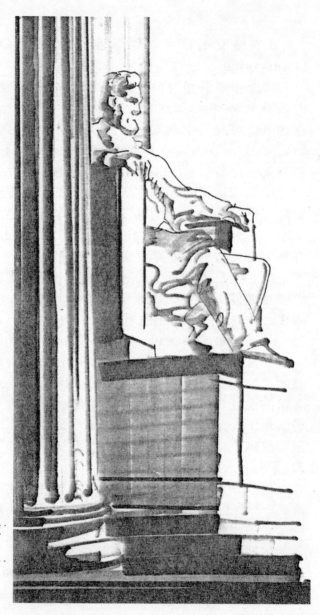

>> 充满光感的林肯
纪念塑像

∧∧ 哈尔滨防洪纪念塔

9.闻名的 Faming in the Fact

巴黎的埃菲尔铁塔,纽约的自由女神像,伦敦的大本钟,北京的长城都是闻名世界建筑,其名声为世人所向往。凡是闻名的标志,无论是世界的,还是本地的,或是就在你的周围,都是构成情感空间的重要心理要素。

>>巴黎埃菲尔铁塔速写
  荆其敏作

∧∧ 纽约自由女神像

10.怀古的Meditate on the Past

　　对过去的怀念，使人们意识到自身存在的意义，历史古迹和遗址成为旅游的热点是出自人们怀古的心情。古代丝绸之路上的阳关，在荒漠原野上，只剩下了一大堆夯土的残迹，新疆交河古城和高昌古城的遗址，都能令人产生对古代繁华时期车水马龙的联想，怀古的思念吸引着人们去探索、去寻求。然而整旧如新的甘肃嘉峪关看上去就像舞台的布景，假古董和赝品会破坏人们怀古的情绪，这也就是我们在维修和保护古迹方面整旧如旧，不要整旧如新的道理，也就是美中不足之美，能留有想象的空间和余地。

秘鲁印加文化遗址"太阳门"，建于公元800年左右

≪≪1998 年洛阳发掘
的唐代古城楼遗址

● 原始艺术。

　　原始人类的艺术水平与智商不低于现代人，原始艺术是人类文明的重要标志。四川省广汉南兴镇出土的三星堆古蜀文化遗址，距今有4800~2800年左右，青铜的"纵目面具"具有一双呈柱状外凸的眼睛和一对朝两边充分展开的耳朵。其是人与神的复合体，象征着天神、地祇、祖先神，是古蜀先民顶礼膜拜的偶像，万物有灵，人神互通，天人合一是古蜀时代特征，是人与神多神信仰与古人的心态的表现，不尽令人想要解开古蜀历史之谜的密码，了解过去和探索未来都是人类可贵的情感表现。

11.神话与民俗Mythology and Folk Custom

神话世界是人类社会思想的反映，广州称为五羊城，城市的起源来自古代神话传说。浙江省义乌市因一只忠实的乌鸦为其主人以树枝维护坟墓的传说故事而得名。德国亚琛的城市公园中有铜雕的城市起源的神话故事，华沙美人鱼、新加坡的狮鱼雕等神话故事都是塑造城市标志的题材。

世界各地有许多奇特的民俗，使地域文化丰富多彩。南美洲秘鲁山村中的印第安人仍保留着许多古老的印加文化传统，当外地客人来访时，把饲养的牲畜结上红色的丝带表示欢迎，人与动物间有亲密的沟通。在烧热的石块上面铺上肉类、蔬菜等食物埋在土中，长时间的闷烤之后，从土中挖出即是一桌丰盛的迎客宴会。中国许多少数民族地区的民俗餐馆也生意兴隆。

>> 以火塘为中心，议事、待客、闲谈、谈古道今、歌舞吟唱，显得温暖、融洽。

▲▲ 北京碧云寺罗汉堂

12.诗意与音乐形象 Poetic Flavour and Mu-sical Image

建筑的空间环境可以塑造成人文的史诗，马克思曾经形容伊斯兰建筑像是星光闪烁的黄昏。路易康告诉他的学生，当你设计教室的时候，你要想着你的女友就坐在窗下。勒·柯布席耶说过，没有激情，就没有好的创作。一位美国留学生设计天津水上公园莲花岛上的一座小亭，他先写了一首诗歌：

小鸟!

迎风翱翔,飞向炽热的太阳。

潜蹈水面,波涛涌流溅起冷漠浪花,

圆润的洁光绿翠,屏着呼吸逆着风浪……

坚持稳定在水面任意飘荡,

晨风曙光腾空飞向远方,

一翅裹住苍天,一翼遮住汪洋,

鸟啊!展开背羽露出阳光。

抖动腹肢是水的波浪,

你消逝在,遥远的天边水平线上。

他要按照诗的境界创造他的园艺作品。

● 音乐形象。

大自然空间中的声响具有很强的感染力,声学雕塑在不同风向的微风中创造出宇宙空间微妙的听觉。室内声学和背景音乐就像艺术演出的配音一样,烘托环境空间中特定的情感需求。梁思成曾经形容中国的密檐砖塔如同音乐符号那样的节奏。罗马圣彼德教堂的曲线形大围廊中也常被形容为音乐的旋律。

音乐形象是个抽象的概念,人在听到对空间描

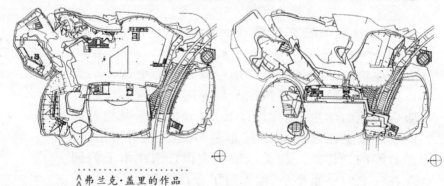

∧∧ 弗兰克·盖里的作品

述的音乐或语言，这时他会有对这种空间描述的一种感觉，犹如身临其境，这种空间感受只有时间和声音两个量。

∧∧弗兰克·盖里设计西雅图空间针中
心的"音乐的体验"

13.迷惑的 Intricacy

久思而不得其解的迷惑感也是吸引人的情感，因此情感空间设计可以让人感到迷惑不解。汤姆斯·卫恩斯 (Tames Wines) 的作品赛特公司的产品展销厅把建筑立方体打破一个墙角作为入口，破碎的砖堆成为入口前的装饰，令人迷惑与费解，但又何必有理性的解答呢？迷惑的空间可任你想象。

比斯特展览厅，以缺口的墙角作入口，象征打破了摩登主义方盒子风格，同时拉出的一块砖堆像是入口前面的抽象雕塑

∧UFA 电影中心

14.隐喻 Metapher

隐喻是后期摩登主义表现文化涵义流行的设计手法,使建筑符号学的运用达到高潮。贝聿铭设计的香山饭店的后花园中的地面上运用了故宫清乾隆花园中流杯亭的地面图案,龙虎图的流水沟图案的放大,流杯亭原为皇室饮酒娱乐的场所,放到现代旅馆的庭园之中是个妙趣横生的隐喻。但是后期摩登主义的隐喻的符号也常过分的滥用,像中国到处流行的欧陆风,把西洋古典建筑部件粗制滥造的堆砌,反而制造了许多粗俗的"欧陆风"的城市空间。

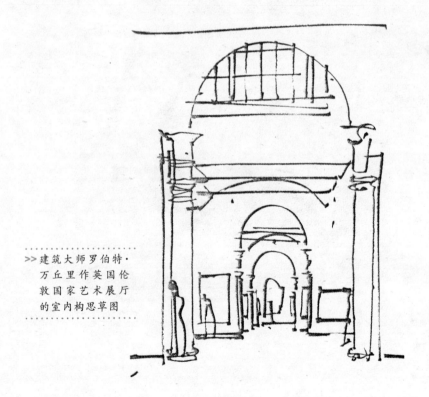

>> 建筑大师罗伯特·万丘里作英国伦敦国家艺术展厅的室内构思草图

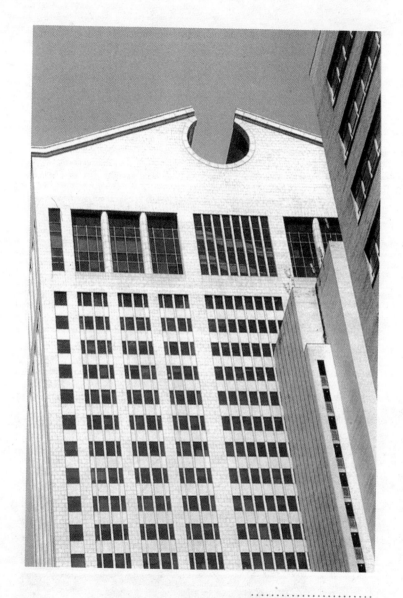

AT&T 总部，纽约市，菲
利浦·约翰逊 1984 年作

15.虚幻感 Ilusory

　　费琼斯(Fay Jones)设计的美国阿肯萨斯州尤瑞卡斯皮尔斯的刺冠教堂以其创造的虚幻的情感获1990年AIA金奖。教堂内部柱子上的十字架形的灯饰,在黄昏时刻辉映于对面的玻璃映像之中,就好像周围林木中的灵火,跟随着人在教堂中的移动而移动,产生一种奇妙的幻觉。

>> 虚幻的小教堂
约翰莱特设计

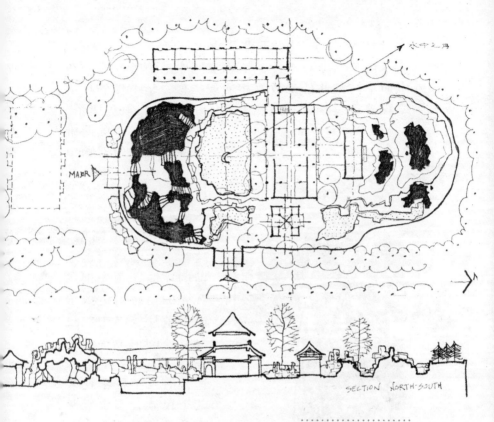

▲ ▲ 承德避暑山庄文津阁
虚幻的水中之月

　　承德避暑山庄中的文津阁是清代的书院，纪晓
岚曾在此组织编写《四库全书》，那里有一处白天可
以水中望月的奇景。南面假山石的阴影落在水池上
面，阴暗的池水面上有一个圆的光点，由假山石的一
处孔洞投下的光点，倒影于水池之中，像是水中的月
亮，这个虚幻的景象不知是设计安排的还是后来偶
然发现的？

16.情节性 The Tell-Tale

情节性即戏剧性，情感空间中的情节性必须在本质上与某些传说故事相通或类似，情节性的环境应该着重表现具有强烈美育作用的题材，避免庸俗、迷信的内容。奥斯维辛集中营陈列博物馆就在法西斯集中营的原址上，在进入参观区域之前就能看到弹孔累累的残垣断壁，这是进入参观营地之前的序曲，预先把参观者的情感引进战争的情节环境之中。过分具体的情节描述不适合建筑语言的表达，有几根柱子代表几个民族，多少级踏步代表多少数字，两个塔和七层代表二七纪念塔等等都是平庸的情节制造，文字喻意的语言不是建筑语言，不能唤起建筑环境空间中美感的情节性。

△△日本儿童的绘画

∧∧南京莫愁湖莫愁女

17.神秘感Mystery

神秘感的境界最能引起人的联想，创造具有神秘感的空间环境以唤起人类追求新奇的吸引力，还可以具有文化、历史、传统、民俗方面的含义。神秘感还包含着对未知事物的许多猜测，促进人们去探索未来，思索过去。神秘的秘鲁山区平原上的纳斯卡图线传说是太空人的杰作，巨形的兽像和几何图案各有几百英尺长，在平地上无法看清，空中俯视则一目了然,至今神秘不可考。智利南端的复活节岛的巨石人像,原始时代人类的技术水平是无法制作的。世界上的神仙鬼怪,天堂和地狱并非虚构,都有现实情感基础。当今地景艺术的流行是在荒原山野中创造像楼兰古城那样的神秘境界。

∧∧ 河北正定兴隆寺大佛

∧∧ 美国影星约翰·韦恩收藏的印第安玩偶

18.礼仪 Propriety

礼是对事物表示的敬意,古代有敬神之礼,仪是进行礼节的仪式。传统的礼仪的严肃形式及手法,作为创造人为的庄严的情感空间的重要方面,时常以纪念性的礼仪用品形象烘托环境气氛,取得庄重严肃的装饰气氛。例如用瓶、盘、缸、罐、狮子狗、像生等作建筑环境或广场上的陪衬,可能是由古代香炉祭祀礼仪的用具形象发展演变而来的。

<<巴黎圣母院庄严的入口大门

∧∧北京紫禁城礼议祭器

19.喜新厌旧 Be Fickle in Affection

　　人人都有喜新厌旧的天性,同样的东西看久了、用久了就会厌倦,喜欢新鲜的,不一样的,与众不同或标新立异,都能带来新鲜感。在人性中有许多性情是经久不变的,会变与善变的就是喜新厌旧。把室内的材料搬到室外去,把室外的材料搬到室内来,这就带来了一种新奇的味道, 捉摸不定的新奇感就会带来变化,发生环境的变异而使空间的形式层出不穷,有所创新, 厌旧也是厌恶那些盲目的抄袭和千篇一律。

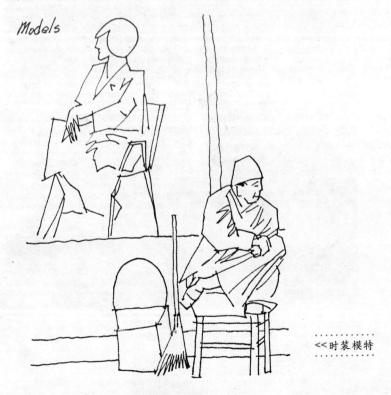

Models

<<时装模特

维也纳的 Gasometer 学生
公寓，新老的结合

20.含蓄 Implicit

情感是人对事物喜怒哀乐的态度，人的情感有时是很单纯的,有时又是很复杂的。含蓄的情感往往是很复杂的，即建筑师和艺术家要为欣赏者提供领略、玩味和再创造的余地,有含蓄性的表现力才能使作者与欣赏者息息相通。切忌一目了然,把话说尽,过于直率则有勇无谋。要使观赏者逐步走向高潮,含蓄的美好像是不断线的珍珠。有人批评过北京复兴门外的军事博物馆像是有勇无谋,北京的香山饭店则像是一条不断线的珍珠。

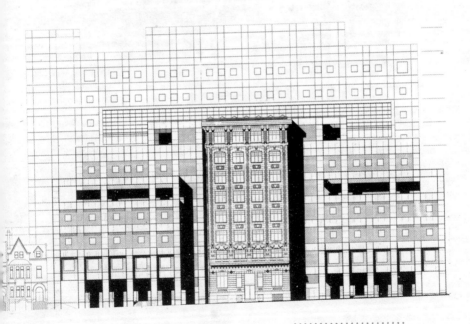

加拿大蒙特利尔大
学图书馆立面设计

△△油画，威尼斯 ST.Moise 教堂
Mario Carleth 作

21.轻松 Relax

劳动之余有轻松的渴望,可观、可游、可卧、可居各式各样的休闲空间,使人感到轻松而舒适。被动式的休闲更能让人领略轻松自得的情趣,玩味轻松感的奥妙,使紧张的身心得到松弛。

中国人讲求"空"、"虚",常让出一个空间来留有余地,让观赏的人自己去思考,创造轻松空间的目的正是创造这个思考的余地,没有思考余地的空间就不是轻松空间。人若是在复杂而紧张的状态中,哪里还有闲情逸趣呢?空间即是空的,它就一定会涉及到"动",是一个动态的空间。把一个空间塞满了就是死,死没有动的未来,所以真正的轻松空间可以从静到动,又从动到静,生生不息地循环下去,因此轻松的休闲空间一定有"空"、有"虚",它才有活和动的未来。

▲▲北京香山饭店四季大厅

22.愉悦 Pleasure

愉悦是出自内心的喜悦,一种心情愉快之美。例如亲切幽雅的庭园,清澈的流水,艳丽的花卉,都能唤起人们的愉悦感,大自然有唤起愉悦感的强大感染力。城市中大片的绿化开放空间,能给居民增添愉悦的情感空间,庭园中的小天井,及至山水盆景和自然景观的壁画也会给人带来面目一新的愉悦之感。但是那些仿造自然的假花假树,叠石再加上花花绿绿的照明,只是繁杂的装饰,丝毫也不能唤起人们内心的喜悦。

<<佛罗里达温泉山庄

23.亲密性 Intimacy

需要创造使人感到亲切的空间环境，使之产生亲密感。就像现代戏剧发展的亲切剧场，岛式、半岛式舞台又重新兴起，亲切舞台使演员与观众之间亲密无间，好像演员就来自观众之中。亲密性是人类行为的一种生物形态学，行为越是亲密，它所引起的情感就越强烈，德国的科隆大教堂高大而庄重，神圣而遥远，现代人的宗教观念则需要更多的亲和感。因此把科隆大教堂高高的尖顶装饰按原大摆在教堂入口广场上，让人们走近它、触及它，使教堂与人之间产生了亲和感，改善了过于庄重和疏远的气氛。在商业环境中也要求有亲密感的交易场合，才能招揽生意，增加营业，甚至声音和气味也能标示出亲密行为的范围。

泥塑"父子情"

俞庆成 作

24.家务 Home Work

　　人除了睡眠和工作以外，家务活动占据人生的很大部分时间。人们常常把家务看成繁琐、劳累、令人厌烦而又不能不做的日常杂务事情，好像人们不喜欢家务,提出要从家务劳动中解脱出来的口号。其实反对家务是违反人性的,家务活动是人类的天性,家务包括饮食、学习、睡眠、财务、杂物管理、生活卫生、园艺、娱乐等等,人从家务活动中获得生活乐趣。人以食为天,"吃"是家务中最主要的内容,在住宅设计中,厨房则是家务环境的关键,建筑师要做好家务环境设计,使人们对家务充满美好的感情。

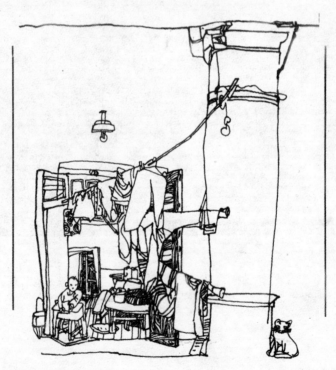

▲ 户外的厨房

25.时间在空间中的体验 Time in the Space

　　同一建筑，一年四季风光各异，同一个人在不同时期对同一建筑的理解也有很大差异。空间的第四维界面——时间，将人与空间的关系变得微妙而多变。两次参观同一建筑，一是春日正午，大厅穹顶中心是空的，一大把阳光痛快地泻了进来，像是只有这阳光的存在。第二次去是一个雨天，水汽和雾味儿像暗绿的苔藓蔓延着，走到上次站立的地方，没有阳光,四周显得平和而宁静。两次完全不同的空间感受回忆,一次是激动,一次是平淡,时间在两次体验中起到了不同作用,如果是雨天先去,或是再也没去,或是……时间也同时延长了这空间感受, 并将继续延长下去。它把人和建筑、环境之间的关系变得紧密、漫长、难以摆脱,正是在这反复的体验中,慢慢领会到情感空间的真正意义。

时间是空间的流程,空间是时间的容器,时间是空间的历史,空间是时间的天地。空间无边无际,时间无始无终,空间有大有小,时间有长有短。从建筑的功能使用空间到心理空间直到人性空间, 人们的需求在不断的提升。

＾＾ 晨雾

26.歪曲与错觉 Distorition and Illusion

把视觉形象的错觉加以夸大，能达到歪曲变形
的特殊效果，并可通过观赏者对以往经验的回忆寻
找未变形之前形状的痕迹，从而达到印象的加强。这
就是为什么要布置那些抽象的和扭曲变形的雕塑艺

术作品,就像亨利·摩尔作品那样在夸大与歪曲中得到情感的共鸣。现代流行的怪诞艺术中,如细长的女人体形,扭曲的不稳定的形体组合之所以受人欢迎,不仅仅是由于流行和新潮,而是由于这些形象和现代人所向往的形象求变的心情有某些一致。同时歪曲的变形手法也是创造运动感的重要手法,解构主义的建筑思潮正是追求这种动感的表现而成为取代后期摩登主义的新潮流。

△ 柏林的城市雕塑

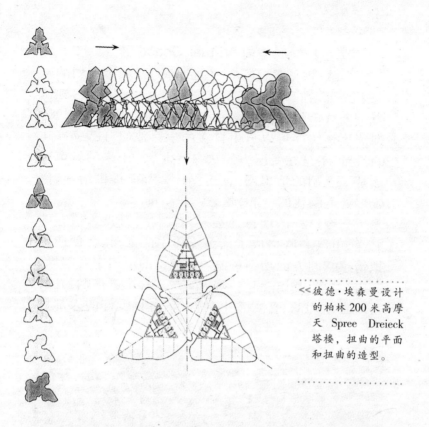

<<彼德·埃森曼设计
的柏林 200 米高摩
天 Spree Dreieck
塔楼，扭曲的平面
和扭曲的造型。

● 错觉

错觉是模糊的特征，记忆的痕迹在互相类似的基础上相互干扰，产生错觉，或受某种提示的影响产生的错觉。运用人的视觉错觉创造景观，可以由观赏对象的模糊结构的模糊程度造成不同的解释。立体派的绘画抽象艺术时常运用经验与记忆来增强其作品的感染力。停车场背后五颜六色的大幅壁画能和五颜六色的汽车模糊在一起。墙面、地面、天花板、室内与室外连通一片的材料、色彩或质感都能造成模糊空间的错觉意向。

27. 虚拟情感空间 Virtual Space

多纳·古德曼（Donna Goodman）是城市规划的未来主义者，她和后现代主义学派立场差异很大，她认为一个城市的功能应该在于提供人民可以选择的咨询情报系统，可以自由自在的学习他们自己感兴趣的科目，不是在受压力的状态下生活。未来的城市应该是个大型的情报网，你需要什么都能提供给你，设置多处电脑化的中心，随意索取咨询。

当今这样的信息社会，人们将自身投入信息的海洋，电脑和网络成了诸多媒体中的主角，在创造虚拟情感空间方面功不可没。在虚拟的空间中有邮局、商店、书亭、茶馆、酒吧、聊天室等。喜欢逛街购物的，喜欢看新闻的，喜欢看书的等等，各种爱好的人都可

△△ 城市

电脑绘图

以乐在其中。虚拟情感空间在人们的生活中，或真或假，或虚或实，丰富了人们的情感生活和精神世界，为我们带来了新观念、新感受和新的生活方式。一部分人已经把互联网当成了自己真正的生存空间，经常畅游其中，乐不思蜀。

28.境界 Precinct

境界属心理环境范畴,人在物理环境中,当他将其景象有意识地注入思想中时, 他会借助心灵的力量对景象进行振荡、抖动,取舍,然后确立其在整个思想空间的位置,这就是境界,就是心灵空间区域。任何景象若未经心灵的取舍而被摄入思想仅是记忆的片段,而不构成境界。人借助心灵的力量,可以无限地扩大境界,从而得到丰富的生命体验,境界由环境而来,同时又倾注于环境之中。环境创造者必须拥有更高的境界, 以便在其作品中创造更为丰富的境界来。境界独立于一切物质之外,不受教育、知识、财富、权力、文化、地理、民族甚至时代的限制和约束,它是一个设在人类心灵深处永不更易的美地。

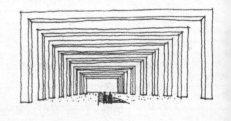

- 顺从
- 秩序
- 单纯

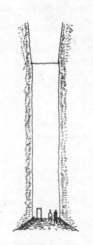

- 谦卑
- 软弱
- 畏惧

∧∧ 高而狭窄的空间境界

∧∧ 低而宽阔的空间境界

▲▲洛杉矶的水晶教堂

29.魅力，共享空间的魅力 Artistic Charm

魅力也是一个模糊的概念，它是艺术的迷惑力、诱导力、感染力、感动力等等，是能征服人心的艺术力量的总称。环境作品只是艺术魅力的一种诱因，并非作品的客观属性，因此环境艺术要寻求魅力的表现，并非常规所能达到的。油画"蒙娜丽莎"有经典美的魅力，米斯万德罗（Mies Van der Rohe）设计的巴赛龙那展厅，由大理石、水池、不锈钢和玻璃衬托下的柯尔布的女像雕塑落位，所塑造的情感空间具有永恒的魅力。

>> 蒙娜丽莎

● 共享空间的魅力

共享空间的精华在于空间在垂直方向上的突破,是水平空间和复合空间的复合体,作为一种具有象征意义的空间模式对人的心理产生影响,发生作用。使城市与建筑,室外与室内之间的界限模糊不定,室内室外"我中有你,你中有我"。如美国建筑师菲力浦·约翰逊设计的明尼阿波利斯的IDS中心,中央的水晶庭院,高达30米的中庭有1800m²面积,上挂层层的白色立方体,空透的玻璃透入天光,街上的繁荣与生机仿佛融进了室内。厅内又是城市的"大客厅",自动梯,挑台、花草树木,使人目不暇接,勃勃的生机是街道的延伸,有顶的广场是市民的乐园,在购物消费的同时享受文化,陶冶性情。

30.形象的升华 Sublimation of Images

抽象是形象的升华，从具象到抽象的演变是艺术发展进步的结果，有的抽象作品来自理性的推理，有的抽象作品则是感性的、幻想的、潜意识的、梦呓的、纯主观的，认为形象只表现一个世界，而抽象则在于创造一个世界。抽象的艺术作品与图案与环境配合得好，能够创造出情感空间中美的升华，庄重、典雅、欢乐等气氛的营造都可以由形象的抽象与升华达到。

△△巴黎美国中心的构思草图
建筑大师弗兰克·盖里作

△△2000 年汉诺威世界博览会
40M×40M 大伞为大会的标志

31. 可触知的与不可触知的 Tangible and Intangible

人置于任何一种环境中，环境要素与知觉力就发生一种微妙的、不可见的沟通，其结果反映在心理上有两种对立的趋势，即可触知或不可触知。触知是一种判断力，也暗示着接触的行为，触知的心理行为反应是由环境的实际条件和内在的判断力共同决定的。例如一个疲乏的游客欲寻某处休息时，他（她）为何选择此处而不选择彼处，这就是触知情绪的结果。然而，此处及彼处的触知力都有赖于建筑师和景观设计师的创造能力。有才华的设计者能够有目标地创造可触知的与不可触知的环境，并借助于创造的结构、构造、材料、色彩、质感、空间处理、符号、暗示甚至光暗来表达触知的情节。研究环境及其要素的

不可触知的

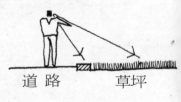

可触知的

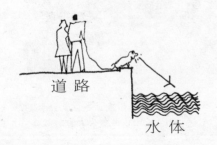

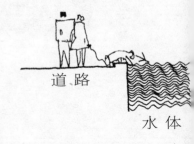

触知力,有助于在环境设计中充分顾及到人的感受,在使用各种要素时能够使人得到良好的心理享受,同时也增进人的情感知觉能力。

▲▲▲ 可触知的读书环境

32.动势 Possession in Movement

动势是不动之动,其实人们观赏环境时,时常是看不见真正的运动的,人们看到的仅仅是视觉形状向某些方向上的倾向或焦聚。有人认为这是由于经验的联想产生的,对不动的物体加以动势。任何物体只要显示出类似楔形的轨迹,倾斜的方向,模糊的或明暗相间的表面知觉特征等等,就会给人以动势印象。

∧∧ 运动雕塑,卡德尔作
华盛顿艺术博物馆东厅

青岛新建的中心广场上的红色火炬，济南泉城
广场上的曲线上升的泉水都是追求动势的雕塑。

　　卡德尔是世界上最著名的动势雕塑家，他创作
的"双人迪斯科"，"火烈鸟"，"龙虾网和渔民"都是不
朽之作。

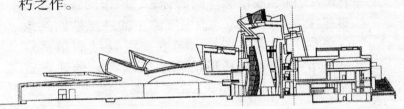

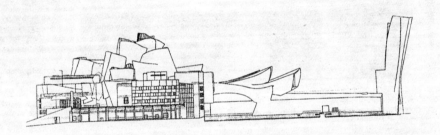

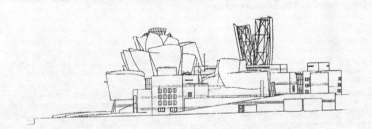

∧ 富兰克·盖里设计的比
∧ 尔包古格汗姆博物馆，
　　追求具有动势的造型

33.金字塔式的需求Pyramids of Need

寻求某种向尖端攀登的欲望称金字塔式的需求，人们渴望在情感空间中有个至高的表现，汇总成一个焦点、核心或情感空间的标志。城市的象征或标志都有这方面的意义。悉尼海湾中的悉尼歌剧院像个白色航行的大帆船。SOM事务所设计的华盛顿Hirshhorn Gallery圆环形的艺术展厅奇异的建筑造型，都满足了情感空间中金字塔式的需求。

∧华盛顿 Hirshhorn 艺术博物馆

34.异样化的追求　The Search for Diversity

　　异样化的追求也是人类情感的自然需求，永不满足曾经见过的经验过的形式空间。观察儿童的游戏就能看出儿童表现的寻求异样化空间的本能。他们喜欢在洞穴、桌椅的底下游戏。建筑师格兰尼Herb Greene's的住宅俄克拉何马州的草原鸡Prairie Chicken House,像一个鸟窝坐落在荒草之中,室内也像鸡窝那样,墙壁上是木板鱼鳞片式的装修。赖特的流水别墅,理查德·麦尔的道格拉斯白色住宅也都是寻求异样化情感的表现。

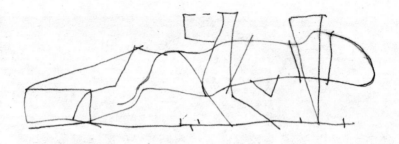

法国里昂自然科学博物馆设计 2001 年竞赛一等奖"水晶云",建筑师 Coop Himme.

草原鸡住宅内景,Herb Greene 设计

35.树在家居空间中的情感属性　Trees in Living Space

　　树，因其绿阴蔽日，很容易形成一个自然的空虚,加之人类对生命的始自原始的崇拜，即使一粗壮的树干，也不妨碍人本能的视之为依靠，这种自觉的情感，很类似于人类对家的永恒情节。在传统村落中,总会借助古树形成聚会场所,形成交往空间。有时可见几座坟头围绕仅一棵或大或小的树，突现于田间，很是耐人寻味。庭院中的大树,真切地从记忆中走入了住户的喜怒哀乐的情感中。

^^古树名木

36. 寻找失去的城市记忆 Finding the Lost Spcace of Urban Memory

世界上有许多古老的城市，但它们的古老更多地埋存在地下了，人们只能从出土的盆盆罐罐去追忆过去的辉煌。巍峨的城墙早已不复存在，今天能见到的多半是后来修复的假古董。文化的冲突和交融总是令人神往，只有漫步在少数民族生活的区巷里，才会发现异族的奇妙的边缘文化。在强势的中国汉文化的夹缝中固守着自己的信仰与习惯，才会发现地域性的城中之城。这里不仅记载着人们生活的历史，也浓缩着城市的过去，在这里可以找到城市失去的记忆。

巨石城遗迹

▲▲▲巨石城遗迹

新疆交河古城

参考书目

《建筑环境观赏》荆其敏著，天津大学出版社，1993年10月。

《城市绿化空间赏析》荆其敏、张丽安著，科学出版社，2001年6月。

《城市休闲空间规划设计》荆其敏、张丽安著，东南大学出版社，2001年7月。

《西方现代建筑和建筑师》荆其敏、张丽安著，天津大学出版社，1998年1月。

《建筑大师作品精粹》荆其敏、张丽安著，江西科学技术出版社，2000年7月。